오늘도 좋은일이 오려나봐

일러두기

1. 이 책은 작가의 실제 일기로 구성된 에세이입니다.

2. 이 책에는 <DANA_a>의 첫 개인전 <IRO IRO展>에 전시된
   작품(총 62점)이 수록되어 있습니다.

3. <DANA_a>는 자폐스펙트럼 장애를 가진 단아(초등학생 6학년)
   의 작가명입니다.

4. <IRO IRO展>은 일본 나고야 미니스트리센터에서
   2021년 11월 23일부터 27일까지 열렸습니다.
   (아사히신문 참조 2021.11.19.)

오늘도 좋은 일이 오려나 봐

"자폐스펙트럼 딸을 키우는 거북맘의 일기"

Hello! Melon

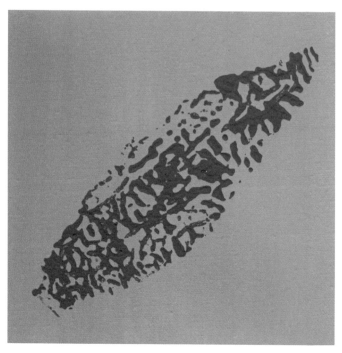

아크릴 20*20

가끔 우리는 그게 시작이었는지도 모를 때가 있어.
지나고 보면
그날로부터 꽤 많이 자라나 있는걸.

유난하지 않아도 좋아.

하고 싶다면
할 수 있는 것을 조금씩
더해가는 거야.

안녕! 나는 단아 엄마라고 해!

안녕하세요.
저는 단아 엄마입니다.

일본에서 자폐스펙트럼 장애 아이를 키우고 있는 거북맘이랍니다. 느린 아이 즉, 발달장애 아이를 둔 엄마들을 에둘러 거북맘이라고 하죠.

2008년에 결혼을 하자마자 일본으로 이민을 왔고, 현재는 초등학교 5학년, 4학년 두 딸을 키우고 있습니다. 5학년 큰딸이 단아, 4학년 막내딸이 인아입니다.

언어와 문화가 다른 외국에서 이민 생활을 한다는 것만으로도 버거운 일이지만, 이민 생활과 동시에 장애 아이, 그것도 자폐 아이를 키운다는 것은 그 무엇으로도 표현하기 어려운 고통스런 순간의 연속이었습니다. 하지만 저는 저의 고통을 이해해달라고 하고 싶지는 않습니다. 굴곡진 인생을 살았으니

"제 삶을 보며 무엇인가를 깨달아 주세요"라고는 더더욱 말하고 싶지 않습니다.

 다만, 저만의 색감과 질감으로 그려진 제 삶이 매력적으로 느껴진다면 독자 여러분들이 제 삶이라는 그림 앞에서 잠시 머물다 갈 수 있기를 바랍니다.

< 책을 열며, 단아 엄마 드림 >

차례

보려고 하면 보이는 문

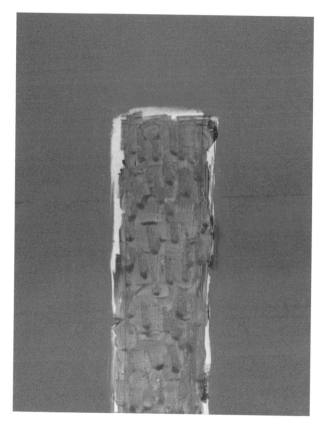

아크릴 30*40

1.

보려고 하면 보이는 문

싸움의 이유를 불문하고
함께 머리를 맞댄다면
더불어 행복할 수 있는 방법이 분명히 있다.

고개만 돌리면 보이는 저 문 안으로
같이 들어가지 않을래?
선한 마음의 문을 열고 들어가면
좋은 일의 문들이 자꾸 열릴 테니 말이야.

고개를 돌려봐!

누구나 늦잠을 꿈꾸는 주말. 새벽이 아침을 깨우기 전부터 큰딸 단아는 온 가족을 흔들어 깨워 드라이브를 가는데 성공합니다. 아직 여독이 채 풀리지 않는 가족에게 다시 여행을 가자며 운전 중인 아빠 머리를 잡아당깁니다.

올해로 만 11살인 단아가 "응응, 응응"이라고 말할 때마다 저희 가족은 초능력이 생기는데, 그 하나의 음절이 갖는 수천 수만 가지의 뜻을 다 알게 되는 것이죠.

짜증나는 마음을 억누르며 "나에게 오늘은 좋은 일이 오고 있다"며 너스레를 떠는 엄마.
그런 아내의 모습이 어이없다고 웃으며 깡 새벽에 운전대를 잡고 있는 아빠.
"언니! 여행은 이미 갔다 왔잖아"라며 언니를 차분히 달래주고 있는 동생 인아.

계속해서 조르는 단아를 보며 생각합니다.

7년 후 단아가 만 18세가 넘으면 그나마 보낼 수 있는 학교마저 잃게 되겠죠. 발달장애라고 해도 지능의 발달이 비지적 장애인보다 조금 뒤쳐진 지적장애인이나, 기능이 좋은 자폐인도 운이 좋다면 취업이라는 문턱에 닿을 수 있을지 모르겠지만, 장소 불문 방방 뛰는 단아를 보고 있노라면 미래를 미리 상실해 가는 느낌을 지울 수 없습니다.

그래서 그런지 엄마와 아빠는 아이의 취미 생활에 대해 고민해보곤 하죠. 성인이 된 단아의 하루를 채워줄 수 있는 활동, 이왕이면 단아의 경제생활을 책임져줄 수 있는 활동이 무엇이 있을까 고민하다가 그림을 생각해 냈습니다.

자폐 아동을 맡아 줄 미술 학원을 찾아보았으나 제가 사는 지역에는 그런 시설이 있지도 않거니와, 대충 맞을 것 같은 학원까지의 거리며 시간이며, 그 모든 상황이 여의치가 않았습니다. 그래서 엄마는 비싼 학원비를 대신해서 캔버스와 물감만은 아끼지 않기로 결심합니다.

그런 마음이 전해졌을까요? 어느 날, 단아가 그림을 그리기 시작했습니다.

조급하지 않으려면 늘 길게 보고 먼저 봐야 하는 것 같아요.

스무 살의 단아가 혼자서도 그림을 그리게 될 때까지 지금부터 차근차근 느리게 걸어가는 중입니다. 준비되지 않은 전투에서 아이와 투닥거리며 지금보다 더 많은 피를 흘리는 늙은 엄마가 되지 않기 위해 지금부터 텅 빈 캔버스를 붓으로 툭툭 두드려보는 것이죠.

 2021년 11월에 단아의 그림들을 모아 단아 첫 개인전을 열었습니다. 단아의 작품들은 6일간의 전시회에서 완판이 되었고, 다시 하얀 캔버스를 단아만의 세상으로 채우고 있습니다.

 첫 번째 챕터 <보려고 하면 보이는 문>에서는 초등학교 5학년 자폐 아동 단아의 개인전 이야기와 엄마인 제가 작가라는 꿈을 이루게 되기까지의 과정을 이야기하려고 합니다. 일기라는 형식을 빌려서 말이지요.

 당신에게 이렇게 말을 건네고 싶어요.
 '보려고 하면 보이는 문'이 있다고.
 나는 보고 싶은 곳을 가기 위해 두리번거렸고 그 문을 찾아 이미 들어와 있다고.

 「보려고 하면 보이는 문」은 누구에게나 보입니다.
 고개만 돌린다면 말이죠.

                              < 1챕터를 열며, 단아 엄마 드림 >

단아, 전시회를 열다
(2021년, 현재 일기)

오늘도 좋은 일이 오려나 봐

2021년 9월 29일

요즘 조명에 푹 빠져 있는 남편이 거실 조명을 바꾸자고 해서 함께 조명을 보러 갔다. 하필 가려던 조명 가게가 닫혀 있는 바람에 예정에 없던 데이트를 하게 되었다. 식물을 좋아하는 나를 위해 남편이 회사 근처에 있는 대형 화원으로 데리고 가주었다. 화원 한쪽 벽면이 갤러리로 꾸며져 있었는데 어느 화가의 작품 전시회 중이었다.

"여보, 우리 단아도 전시회 열어주자!"

라는 말이 내 입에서 툭 튀어나왔다. 올해는 어찌 되었든지 단아의 작품 전시회를 열어주고 싶다.

2021년 10월 1일

아크릴 판과 아크릴 물감 그리고 빵 만들 때 사용하는 스크래퍼를 단아에게 주었다. 내가 생각한 작품하고는 전혀 다른 형태의 작품이 되어버려 한편으로는 아쉬운 마음이 들었지만, 여러 가지의 색과 모양이 합쳐져 단아만의 멋진 작품이 되어가고 있었다.

2021년 10월 2일

단아 전시회를 열어 주자는 말이 떨어지자마자 우리 부부는 그날로 전시회 준비모드로 들어갔다. 날짜는 크리스마스를 겨냥해 내 맘대로 12월 초·중순으로 잡았다. 크리스마스가 다가오면 뭐라도 하고 싶어지는 묘한 기분이 드니까.

다른 갤러리를 예약하기 전에 먼저 교회 부속 선교센터의 장소 섭외가 가능한지 문의했다. 며칠 안으로 연락이 올 것이다.

지금까지 단아가 그린 그림은 30점이 조금 넘는다. 전시회를 하기에는 약간 부족하지 않을까 싶어 20점을 더 추가하기로 했다. 작품 제작 기간은 앞으로 3주. 딱 그때까지만 단아와 함께 달려보자.

2021년 10월 4일
단아의 수준을 고려해 물감을 부어서 표현하는 플루이드 아트(Fluid Art)를 주로 하다가 오늘은 오랜만에 물감과 붓을 주었다. 자신이 고른 보라빛 물감으로 캔버스를 채워가는 모습을 보니 기특한 마음이 일렁인다.

거친 붓 자국마저 예술적으로 보이는 것은 딸을 사랑하는 바보 같은 엄마의 시선일지 모르겠지만, 자기 할 일 다 했다며 무심히 툭 던져 놓은 캔버스 위의 붓마저 고스란히 말려 간직하고 싶었다.

완성된 아이의 작품에 「보려고 하면 보이는 문」이라는 제목을 지어주었다.

2021년 10월 5일

드디어 단아의 전시회 장소가 확정되었다.

남편과 나는 바로 홍보 포스터 시안 작업을 시작했다. 함께 콜라보를 할 작가님들에게도 연락을 취해 승낙을 받았다. 이제 전시회 날짜만 정해지면 사람들에게도 홍보할 계획이다. 아침에는 도록을 만들지에 대해서도 남편과 함께 고민을 했다. 우리들만의 작은 전시회 수준인데 점점 일이 커지고 있는 이 느낌은 뭘까?

2021년 10월 7일

정해진 게 예술이라면 그건 이미 예술이 아니다.

단아는 손으로 그림을 그리고 있었지만 나는 아이에게 틀렸다고 하지 않았다.

세상엔 룰을 지키는 사람도 필요하지만 때로는 과감하게 깨는 사람도 필요하다.

외부의 힘으로 깬 알은 생명이 끝나지만 내부의 힘으로 깬 알에서는 생명이 시작된다고 한다. 위대한 것은 항상 자신의 안에서 시작된다고 '짐 퀵'은 말했다.

단아 안에는 생명을 탄생시킬 무한한 힘이 있다.

예술가로서의 단아의 작가명을 DANA_a(다나아)라고 지어주었다. 많은 사람들이 단아의 그림을 보면서 근심, 고통, 모든 시름이 다 나았으면 좋겠다는 엄마의 바람이다.

남편이 출근을 하면서 "단아가 요즘은 그림으로 스트레스를 많이 푸는 것 같아. 컨디션이 많이 좋아졌어."라고 말했다.

가족들이 모두 나갔다. 고요하다.

아이가 무심히 그려놓고 간 작품에 시선이 가 닿았다. 형이상학적인 형태가 우산을 쓰고 있는 외계인처럼 보였다. '어머! 이 눈물은 뭐지?' 갑자기 주르륵 흐르는 눈물에, 누가 보는 것도 아닌데 너무 당혹스러워 깜짝 놀랐다. 울고 있는 내 자신에게 놀라서 또 다시 울음이 나왔다.

아이의 작품을 무릎 앞에 놓고 한참을 그렇게 엉엉 울었다.

아이의 작품이 멋있거나 기특해서가 아니라, 우산 하나 들고 우주를 둥둥 떠다니고 있는 외계 생명체가 나처럼 느껴졌기 때문이다. 발달장애 아이를 키운다는 것도, 외국인이라는 사실도, 타인에게 받아들여지지 않았던 응축된 경험과 감정들이 아이의 작품을 타고 수면 위로 올라가 증발되는 순간이었다.

**

전시회를 앞둔 단아에게 큰 액자를 선물해주고 싶어 어제, 오늘 홈센터에 가서 나무를 고르고 재단을 해서 가져왔다. '액자 만드는 게 뭐 그리 어렵겠어?'라고 생각했는데 프레임의 사이즈가 대형이다 보니 못 하나 고르는 것조차 쉽지 않았다.

19

모르니까 시작을 하는 것이다. 시작할 수 있게 만드는 에너지가 '모름'이라는 것에 가득 차 있다. 모르니까 알기 위해 시작하고, 모르니까 뭣 모르고 시작할 수 있는 것이다. 그러니 '모름'이 부끄러운 것만은 아니다.

단아는 엄마가 자신을 위해 얼마나 수고하는지 몰라도 괜찮다. 아니 몰랐으면 좋겠다. 다만 그 '모름'이 윤이 나는 예쁜 삶을 살아 주는 것으로 대신해준다면 나에게는 충분한 보상이 될 것 같다.

2021년 10월 10일

막상 전시회를 하려고 보니 단아 작품들 중에 출품하지 못할 작품들이 눈에 띈다. 캔버스를 재활용하기로 한다. 그림이 그려진 캔버스 위로 단아가 선택한 색들이 부어진다. 엄마가 보기에는 충분히 예쁜데, 단아는 자신이 마음에 들 때까지 다시 붓고 또 다시 부어 자신만의 작품을 만든다.

때로는 이 아이가 생각이 있는지 없는지 파악되지 않을 때가 있다. 작품을 만들 때도 막연히 하는 것인지 자기 나름의 계획이 있는지 잘 모르겠다. 오늘도 기껏 만들어 놓은 자신의 작품 일부를 막대기 하나로 슥 밀어서 망쳐버렸다. 예쁘게 단장한 얼굴 한쪽 면이 지워져 맨 얼굴의 기미가 다 드러나 버린 것처럼 원래 그려져 있던 그림이 드러났다.

인아가 옆에서 "이건 내가 좋아하는 엄마 그림인데 왜 여기에다가 언니 그림을 그리게 했어?"라고 짜증을 내자, 단아는 자신이 애써 그려 놓은 작품의 물감을 밀어서 다시 엄마의 그림이 드러나게 했던 것이다.

난, 말 못하는 아이의 마음을 잘 모른다.
대화를 할 수 없으니 홀로 추측을 해야 할 때가 많다. 가끔은 순간순간 미안한 마음이 든다. 아이가 표현하지 못한다고 해서 애초에 모른다고 치부해 버린 나의 태도 때문이다.

단아야, 너의 획기적이고 충격적인 행동에 처음엔 충격을 받았지만, 얼마나 아름답고 예술적인 행위였는지 깨닫고는 엄마는 너무 고맙고 감동했단다. 동생을 배려해서 엄마의 그림 한 부분을 남겨주려고 했던 너의 예쁜 마음 엄마가 잘 말려둘게.

2021년 10월 11일

단아가 컨디션이 좋을 때를 기다려 붓을 쥐어 주고 있다. 전시회를 생각하지 않았을 때는 개의치 않았던 것들이 전시회를 열자고 결정하고 나니 상당히 신경이 쓰인다.

엄마의 개입 없이 많은 부분을 단아 스스로 할 수 있도록 하려고 하니 시간이 촉박하다. 단아의 컨디션이 항상 좋은 것은 아니기에 한 걸음 한 걸음 나아가는 게 쉽지 않다.

이럴 때일수록 잘하고 싶은 마음은 버리고 즐기는 마음만 골라 담는다. 단아의 작품이 지친 이들에게 위로가 되어주기를 바랄 뿐이다.

예쁜지 몰랐는데 보면 볼수록 예뻐 보이는 사람이 있다.
단아의 작품도 그렇다. 부분, 부분 뜯어보면 얼마나 예쁜지
모른다.

단아가 그림 작업을 하는 과정을 옆에서 보다가 놀라 작업
을 중단시키고 싶을 때가 있다. 하지만 지나고 보면 결국 단아
가 옳다. 엄마처럼 했다면 정말 식상해졌을 표현들이 단아가
하면 힙(hip)해진다. 틀에 매여있지 않는 단아에게서 엄마가
한 수 배운다.

남편과 전시회가 열릴 장소로 이동했다. 선교사님 부부와
전시회 날짜에 대한 협의도 하고 현장 사진도 찍기 위해서였
다. 넓은 대로변에 건물이 있어 벽면에 대형 현수막을 걸면 홍
보도 되고, 방문객들이 왔을 때 포토존으로도 적합할 것 같다
는 생각이 들었다. 선교사님도 벽면을 사용해도 된다며 흔쾌
히 허락주셔서 기분이 좋다.

드디어 최종적으로 전시회 날짜가 정해졌다. 기대했던 날짜
가 아니어서 아쉬운 마음이 컸지만 좋게 생각하기로 했다. 막
상 날짜가 정해지니 기분이 좀 이상하다.

잘 할 수 있을까?

오늘도 좋은 일이 오려나 봐

2021년 10월 13일
전시회를 준비 중이라는 내용의 글을 인스타그램에 게시하

니 많은 분이 축하해 주시고 응원해 주셔서 마음이 벅차다. 사소하고 작은 마음으로 시작한 터라 전시회 한참 전부터 관심을 받고 축하를 받는 것이 상당한 부담으로도 다가온다.

남편과는 동료 직원처럼 회의를 하며 이것저것 결정을 내리고 있다. 작품 판매를 할 것인지 말 것인지, 굿즈는 어떤 것으로 할 것인지 이야기 나눈다. 전시 작품은 구매가 가능하도록 하고, 탁상 달력과 엽서 카드도 제작하기로 결정했다.

전시회를 한다고 하니, 굿즈에 대한 문의와 사전 예약을 원하는 분들이 생겨서 기쁘다. 나는 단아와 작품을 만드는 것에 집중을 하고 있고, 남편은 그 외의 행정적인 일을 모두 도맡아 하고 있다.

회의할 때마다 아이디어를 주체하지 못하는 나에게 이제 그만하라며 고개를 젓는 남편이지만, 어느새 와이프님 말씀에 따라 착실히 수행하고 있는 남편이 기특하고 고맙다. 우리는 이렇게 분업 중이다.

2021년 10월 14일
엄마가 구입해 놓은 대형 나무판에 단아는 매일매일 조금씩 그림을 그리고 있다.

단아는 색 하나를 고르고 온 집안을 한 바퀴 돌고 나무판에 색칠을 하고, 또 다른 색을 고르고 한 바퀴 뛰고 와서 페인팅한다. 어느 날은 붓으로, 또 어느 날은 동그란 화장지에 물감을 찍는 방식으로, 또 다른 작품을 만들다가 흥건하게 남은 물감을 대형 작품에 문질러 물감을 재활용하기도 한다.

자폐 화가들 중에도 엉덩이 진득하게 붙이고 진짜 너무 완벽하고도 멋진 형태를 그려내는 작가들도 있던데, 단아는 그런 수준의 아이가 아니다. 누가 봐도 자폐 아이, 누가 봐도 정말 아무것도 못할 것만 같은 아이다. 그래서 나는 이번 전시회가 더욱 의미 있다고 생각한다. 아무것도 못할 것만 같은 우리 아이도 하는데, 뭐든지 다 할 수 있는 대다수의 사람들이 못할 이유가 뭐가 있을까?

그게 무엇이든 그들의 꿈에 도달하는데 단아의 메시지가 깊은 울림이 되어줬으면 좋겠다.

대형 작품의 콘셉트는 원래 파도로 하려고 했지만, 단아에게 너무 무리한 작업이라 여겨져 콘셉트를 바꿨다. 단아의 대형 작품은 전체적으로 봐도 멋있지만, 한 곳 한 곳 뜯어보면 더 멋지다. 사람들이 단아의 작품을 그렇게 세세하게 봐주기를 바란다. 사실 더 바라는 것은 자신의 모습을 한 곳 한 곳 확대해 보았으면 좋겠다. 그러면 자신의 멋진 모습을 만날 수 있을 테니까.

<u>2021년 10월 16일</u>
한 인친(인스타 친구)님의 글에 원망이 담긴 것을 보았다.
그 상황과 마음을 누구보다도 잘 알 것 같아서 마음이 아프다. 원망이 많아진다는 건 힘들다는 증거이기 때문이다. 나

쁜 사람이라서 자꾸 원망하는 게 아니라 좋은 사람이라도 너무 힘들어지면 원망이 생긴다. 그러니 힘들 때 "그래도 감사하라"는 말은 폭력이다.

그런 폭력을 많이 당해봤다. 힘들어 죽겠는데 너무 힘이 들어서 숨이 끊어질 것 같은데 나와 관계가 가깝다는 이유로, 나를 너무 위해준다는 이유로, '그래도 감사하라'는 이야기를 종종 들었다. 하지만 감사는 정말 감사한 순간에 생기는 감정이지 고통스런 순간에 내가 마음 먹는다고 생기는 감정이 아니다.

어제의 누군가는 불평불만에 원망을 하며 살았을지 모른다. 그들이 나빠서가 아니라 너무 힘들어서다. 상황이 조금만 호전되면 작은 일에도 감사하며 살 수 있는 사람들인데 그만큼 힘들어서.

그러니 원망하고 있는 자기 자신을 발견한다면 너무 자책은 하지 말았으면 좋겠다.

2021년 10월 17일
나고야에도 가을이 성큼 다가왔다.
금요일에는 주문했던 전시회 팜플렛과 포스터가 왔다. 기쁜 마음으로 우리 집 거실 중문에 붙여 놓았다.

단아의 작가명 'DANA_a'처럼 많은 사람들이 단아의 그림 앞에서 걱정, 근심 다 내려놓고 다 낫게 해달라고 간절히 기도한다.

단아 인생의 첫 전시회 주제는 'IRO IRO'로 정했다. 일본어로 '이로(色)'는 '색(깔)'이라는 뜻이고, 그 색을 두 번 겹쳐서 한자를 쓰면 '이로이로', 즉 '여러 가지'라는 의미를 가지게 된다.

단아의 그림에는 정말 다양한 색깔이 들어간다. 그림을 그린 방식도 여러 가지다. 작품 스캔을 도와주고 계신 사타케 사진작가님도 여러 전시회를 거쳤지만 이렇게 많은 색이 들어간 것은 처음이라고 말했다.

"같은 색이라도 단아의 붓 터치에 강약이 있다 보니 한 가지 색인데도 여러 색으로 보이는 작품도 있었어요! 특히, <보려고 하면 보이는 문>의 보라색 작품이 아주 맘에 들었어요."

라고 말해주실 때, 전시회 준비를 하면 할수록 쪼그라드는 엄마의 마음에 살짝 공기가 들어가 부풀어졌다.

세상엔 정말 다양한 사람들이 있다. 저마다의 성격과 저마다의 사연을 가진 사람들. 동일한 사람일지라도 누구와 어울려 사느냐에 따라 빛깔이 달라진다.

우리 가족은 일본에서 사는 한국인이다. 대다수의 일본인들은 친절하지만, 아주 가끔 우리가 한국인이라는 이유로 혐오하는 사람들도 더러 있다. 다르다는 것은 나쁜 게 아니다. 서로의 다름을 인정할 때 인생이라는 팔레트에 여러 가지의 색깔을 담을 수 있게 되는 것이다.

오늘도 좋은 일이 오려나 봐

한 가족일지라도 단아가 느끼는 감각이 좀 특별해서 소통에 어려움을 느낄 때가 많다. 그래서 힘든 것도 사실이지만 우리는 단아를 틀렸다고 단정짓지 않는다. 오히려 단아에게서 배울 점들이 많다는 것을 안다.

이렇게 우리는 저마다 다 다르기에 당신과 나, 우리라는 이름이 어우러지는 순간, 다양한 색채와 질감으로 표현된 아름다운 세상이 될 것이라 믿는다.

우리의 만남은 멋진 작품이 될 것이다.

2021년 10월 20일

단아의 작품에 이름을 지어주고 있다. 이름을 부르는 행위는 애틋하다. 단아가 작품을 통해 많은 사람을 부를 것이다.

"나를 봐주세요."

사람들이 단아를 봐주었으면 좋겠다. 사랑스럽고도 애틋한 눈빛으로.

2021년 10월 22일

너무 잘 하고 싶어서 오히려 아무것도 못하겠는 날. 그런 날은 정말 아무것도 안 한다. '어느 순간은 민망해서라도 다시 하겠지' 생각하며 나를 방치한다.

어쩌면 내 마음은 내 것이 아닐 수도 있다는 생각이 든다. 내 마음임에도 어르고 달래서 갈 때가 있는 반면, 또 어느 날은 혼자 "신난다. 신나" 하면서 먼저 쏑~하고 가버리는 날도 있다. 그런 날은 나돌아다니는 마음 찾느라 한참을 헤매야 한다.

지금은 "괜찮아, 할 수 있어!"라고 달래야하는 시간이다. 용기 없어 하는 내 마음을 일으켜 세우는 것도 삐친 막내 딸 달래는 것처럼 쉽지가 않다.

오늘은 단아 그림에 맞는 대형 프레임을 완성해야 하는 날이다. 일은 벌여 놓았으나 혼자 감당이 안 돼 지인 찬스를 썼다.

크기가 작은 작품을 전시할 크림색 이젤도 찾아다녀야 하고, 레터링도 써야 하고, 할 게 많은데 아무것도 하기 싫은 날이다. 아무것도 하지 않아도 된다고 달래고 있는 날이다. 그럼에도 불구하고 꾸물꾸물 움직여가고 있는 날이다.

2021년 10월 24일

단아의 작품 중에 「거닐고 싶은 숲」 시리즈가 있다. 그 중 한 작품으로 단아의 스티커를 만들었다.

숲은 많은 것을 정화해준다. 사람은 생명을 유지하기 위해 산소가 필요하고 이산화탄소를 배출시키지만, 반대로 숲은 광합성을 하기 위해 이산화탄소를 머금고 산소를 배출시킨다.

에너지를 바꾸는 것이다. 서로에게 필요 없는 것들이 서로에게 필요한 것들로 바뀌어 서로를 살리는 것이다.

오늘도 좋은 일이 오려나 봐

필요 없는 것까지 꽉 끌어안고 살 필요가 없다.
내어주면 누군가에겐 생명이 되는 것이다.
살게 하는 존재가 되는 것이다.
우리는 욕심으로 스스로를 죽이지 말아야 한다.

오늘의 긴 한숨은 숲에 내어주고 살자.
죽지 말고, 내어주자.

"죽자"라는 결심에서 "ㄱ"만 내어주면 "주자"
주는 사람이 될 수 있다.

2021년 10월 25일

비가 오면 시야가 가려져서 먼 곳이 더 멀게 느껴진다.
흐리고 비가 오는 시간에는 동글게 움츠려 자신을 바라본다. 멀리 보진 못해도 깊게 볼 수 있는 날이다.

5학년 아이는 레인코트를 입고 우산을 쓴다. 우산을 써보는 연습을 하는 날이다. 우산을 받치는 것보다 비를 맞으며 첨벙거리기를 좋아하는 아이에게 용기를 내어 우산을 건넨다. 우산이 나비처럼 공중에서 나풀거리고 있다. 비가 오는 날에도 나비가 나풀거린다. 비가 오는 날에도 나비가 나풀거릴 수 있다니. 그래서 세상은 정해놓지 않은 이들의 손에서 아름다워지고 있는 것 아닌가.

이상한 것이 아니라 아름다운 것이다.

요즘 전시회라는 목표를 향해 몰두하고 있다.

난 그저 그려놓은 그림들을 그냥 벽에 걸어놓고 사람들을 초대하면 전시회가 되는 줄 알았다. 어제 마지막 작품들의 스캔을 부탁하면서 사타케 사진작가님에게도 그런 말을 건넸다. "그냥 하면 되는 줄 알았다고……."

지금 생각해 보면 결혼도 결혼식 올리고 그냥 살면 부부가 되는 줄 알았고, 엄마가 되는 것도 그냥 애를 낳기만 하면 되는 줄 알았는데 모든 건 과정이었다. 결혼식이나 출산은 얼마나 점 같은 순간이던가!

그냥 하면 되는 줄 알았던 순수함이 날 여기까지 이끌어줘서 고맙다. 전시회도 아무 생각 없이 시작했지만 그 과정 속에서 즐거운 나날들을 보내고 있다.

기대가 된다. 딸과 함께 할 미래가.

오늘도 좋은 일이 오려나 봐

2021년 10월 27일

난 우리 집 식물을 응원하고 있다.

긴 대를 세워줬더니 줄기가 대의 꼭대기까지 타고 올라가서 기댈 곳이 없어졌다. 지금은 끝을 내밀고 내밀다가 그 끝이 공중에서 너무 힘겨워 보인다. 조금만 힘내면 난간에 몸을 틀 수 있을 텐데 아직은 공중에서 흔들린다. 흔들리면서도 뻗으려고 안간힘을 쓴다.

나도 그렇다.

뻗어서 기댈 곳을 찾느라 아직은 흔들리고 있다. 조금만 몸을 늘리면 닿을 것이다. 닿으면 닿는 곳에 몸을 감아 자랄 것이다. 안전하게 자라고 싶다.

예전에는 나의 오늘이 평생이 될까 봐 두려웠다. 하지만 난 믿는다. 나는 자라고 있다고. 완연해지는 그날엔 바람이 불어도 휘청거리지 않을 거라고.

조금만, 조금만 더 뻗자.

어제 행사장 벽에 현수막을 달고 작품 배치를 시뮬레이션 해 보았다. 전시회 기간 동안 도와줄 스태프(staff)들도 섭외했다.

시뮬레이션을 하며 좁은 공간에 단아의 작품을 배치해 보니 정말 볼품없어 보여서 갑자기 자신이 없어졌다. 지금 도대체 내가 무슨 일을 벌였는지 허벅지라도 꼬집어주고 싶은 심정이다.

이런 내 마음에 누군가가 용기를 주려는지 오늘 아침에는 기분 좋은 일이 있었다. 단아가 좋아하는 '일하는 자동차(はたらくクルマ)'라는 음악을 전시회 전단지에 적어 놨는데, 치나미라는 작곡가가 그 사실을 알고 피아노 연주로 편곡을 해서 음악파일로 보내주었다. 일본 동요가 이렇게 멋진 곡으로 변하다니. 역시 전문가는 다르다. 매일 매일 듣고 다니는 것은 물론, 전시회 동영상에 이 곡을 꼭 넣어야겠다.

2021년 10월 29일

용감해진다는 것은 쉬운 일이 아니다.

미술계를 이끌어 온 거장들을 보면 틀을 깨는 용감함을 가졌다. 지금은 그 용감함을 높이 평가받아 작품의 가치를 인정받았지만, 당시에는 등용문이었던 프랑스 살롱전에서 문전박대를 당하기도 했다. 원근법을 무시한다거나, 신이 아닌 인간을 그린다거나, 인체를 분해해서 그렸다는 이유로 말이다.

지금 우리가 이해하고 받아들이는 작품들 중에 몇몇은 처음부터 사회에서 수용된 것은 아니다. 하지만 누군가는 용감하게 틀을 깼고, 또 누군가는 누군가가 깨뜨린 구멍으로 힘겹게 몸을 넣었고, 그 다음 사람도 또 그 다음 사람도 그 구멍을 통과하며 결국엔 멋진 문을 만들어 놓았다.

진짜 아름다움이 무엇인지 배워가야 한다.

아무것도 아닌 사람은 없다. 단아 너 또한 아무것도 아닌 사람이 아니다. 말을 못하고, 손으로 음식을 먹고, 혼자 화장실에 못간다 하더라도, 넌 너의 이름을 알고, 좋아하는 음식이 있고, 음악에 몸을 흔들 줄 알고, 색을 선택해 멋지게 붓질 할 수 있으니.

딸아, 난 너만큼 훌륭한 사람을 본 적이 없다. 온 마음을 다해 너를 사랑하고 응원하고 있다. 그러니 세상이 정해놓은 등용문에 통과하지 못한다고 하더라도 낙망하지 말고 용감하게 우리는 우리의 문을 만들자.

오늘도 좋은 일이 오려나 봐

총 67점의 작품 중에 25점을 선정해 엽서를 만들 계획이다. 엽서와 달력을 제작하기 위해 시계 5개를 제외한 모든 작품을 전문가의 손을 빌려 스캔을 떴고 그 시간이 꽤 걸렸다. 달력은 한정판으로 100개만 주문을 넣었고, 엽서는 일단 가장 애정 하는 작품 두 점을 골라 의뢰해 놓았는데 그 결과물을 어제 받았다.

「好き(좋아)」라는 작품만은 가장 애정하는 작품이라서 절대 팔지 않을 작정이다. 이 작품은 엽서를 액자에 넣어 벽에 걸어도 충분히 멋있을 것 같다.

어제는 때마침 한국에 계신 어머님과 셋째 언니에게 각각 나눠서 부탁한 짐들이 한꺼번에 도착했다. 전통과자와 차 그리고 작품 뒷면에 찍을 단아의 낙관(도장), 전시회 오프닝 때 입을 가족 의상까지. 유과는 유통기한에 맞춰 최대한 늦게 주문하려고 하고 있다.

며칠 전에는 단아와 드라이브를 나간 남편이 대형 회전 엽서 꽂이를 얻어왔다. 안그래도 엽서를 어떻게 진열해야 할지 무척 고민이었는데 너무 기뻐서 팔짝팔짝 뛰었다.

우리 동네에 한국 물품을 팔던 판매점이 있었는데 한 2년 전부터인가 셔터가 내려져 있었다. 단아와 드라이브를 하던 남편이 그 가게 옆을 지나가다가 문득 엽서 진열꽂이를 어디서 구입할 수 있는지 궁금해져 사장님에게 전화를 했더니 사장님이 창고를 열어줄 테니 가져가라고 했단다. 우리는 필요한 물건을 구할 수 있어서 좋았고 장사를 접은 사장님은 골치 아팠던 물건을 처리할 수 있어 서로 좋았던 것이다.

처음에는 엽서를 테이블에 펼쳐서 판매할 계획으로 10종류만 하려고 했는데, 대형 회전 엽서꽂이 덕분에 훨씬 더 많은 작품을 엽서로 만들 수 있게 되었다.

전시회 준비 과정에서 제일 큰 쾌거가 대형 회전 엽서꽂이를 얻게 된 것이 아닐까? 싶을 정도로 그 과정이 너무 감사하고 신기할 따름이다. 잘 될 일은 어떻게 해서든 잘 풀리는 건가?

2021년 11월 2일
한국에 있는 단아의 작은 아빠가 단아 낙관(도장)을 선물해 주셨다. 단아의 작품이라는 걸 인증하기 위해 캔버스 뒷면에 도장을 콕 찍고 있다. 종이가 아니라서 생각보다 잘 찍히지는 않지만 세상으로 나아가는 단아의 작품을 축복하는 마음으로 하나하나 정성스럽게 힘주어 찍고 있다.

2021년 11월 3일
발이 정말 작은 지인이 새로 산 신발이 너무 크다며 내게 건넸다. 내게도 꽉 꼈지만 신을 수 있을 것 같아 냉큼 받아와 집에서 다시 신어 봤더니 역시 무리였다.

신데렐라를 찾는 중이다.

가끔은 꽉 끼는 신발을 신거나, 너무 헐렁거리는 신발을 신은 채 험한 산을 등반하고 있는 기분이 들 때가 있다. 내 발에 아주 잘 맞는 그래서 나의 삶을 잘 걸어갈 수 있게 만들어주는 요술 신발이 하나 있었으면 좋겠다는 생각을 해본다.

오늘도 어쩔 수 없이 꽉 끼는 신발을 신은 채 새벽에 이불을 빠는 중이다. 단아가 낮에는 바지에 실수하는 날이 거의 없는데 밤에는 아직 소변을 가리지 못한다. 그래도 기저귀를 채우기 싫은 부모 마음에 새벽에 시간을 정해놓고 자는 아이를 안고 화장실로 데려가는데, 그 시간을 놓치는 날에는 어김없이 이불 빨래를 해야만 한다.

단아에게 약(리스페달)을 먹이는 시간은 보통 오후 5시에서 6시 사이이다. 그 시간에 약을 먹이면 밤 11시 정도에 잠이 든다. 어제는 깜빡하고 밤 9시에 약을 먹였더니 자정이 넘도록 몇 시간이고 침대 위를 팔짝팔짝 뛰었다. 덕분에 침대는 1년에 한 번씩 바꾸고 있다. 지금 침대도 미끄럼틀이 된 것을 보니 바꿀 때가 된 것이겠지. 다행히 머리를 벽에 박지 않은 것만 해도 얼마나 감사한 일인가. 다 좋으니 진짜 머리만 박지 말자.

어디선가 멋진 인생으로 안내해 줄 신발을 기다리고 있다고 하니 우리 막내딸 인아가 한마디 한다.

"엄마! 신데렐라도 결국은 귀족이었어."
(아뜨)

2021년 11월 4일

어제는 일본의 공휴일이었고, 한국 학교에서 스피치 대회가 있어 잠시 참관하러 갔었다.

유치원 선생님이 "사요나라(잘 가)."라고 인사하면 "사랑해요."라고 말했어요. 엄마가 애기 때부터 말해주던 "사랑해요"라는 말과 "사요나라"가 발음이 비슷해서 같은 말인 줄 알았어요. 이 사실을 안 엄마가 고심 끝에 집에서 한국어를 말하지 못하게 했어요.

일본에 사는 한국인 초등학생의 스피치를 듣고 순간 눈물이 왈칵 쏟아질 뻔했다. 짧은 글이었지만 서툰 말로 스피치를 하는 어린아이의 목소리에는 울림이 있었다.

완벽함이 아니라 때론 서툼이 완벽한 그 어떤 것보다 더 큰 감동을 준다.

2021년 11월 5일

오늘은 좋은 일이 오려나 봐요.
해가 동쪽에서 떴어요.
해는 원래 동쪽에서 뜨지만 예쁘게 떴어요.
해는 원래 예쁘게 뜨지만, 오늘 그 예쁜 햇살을 제가 봤어요.
오늘은 좋은 일이 저 햇살과 함께 그리고 신선한 아침 공기와 함께 이미 제 곁에 너무 많이 왔네요.
감사한 하루 소중하게 사용하겠습니다.

오늘도 좋은 일이 오려나 봐

인스타그램 피드에 글을 올렸다.

아이들을 양육한다는 것은 정말 쉬운 일이 아니다. 하지만 내가 건강해서 우리 딸들을 돌볼 수 있다는 것, 우리 아이들이 부모에게 어리광 부리며 자랄 수 있다는 것만으로도 정말 감사한 일이다.

2021년 11월 9일

아사히신문 인터뷰가 있는 날이다. 단아 전시회 팜플렛을 만들어 SNS에 올린 바로 다음 날, 신문사에서 단아의 소식을 보고 취재를 하고 싶다는 연락이 왔다. "세상에, 어머나!" 놀란 마음 반, 기쁜 마음 반이었지만, 사실 그 모든 것을 감싸는 감정은 걱정이었다.

웬만큼 유명한 사람도 이런 대형 신문사에 기사 실리기가 쉽지 않은데 엄마, 아빠의 호기로 시작한 작은 행사가 신문에 실린다니. 단아가 그림 천재도 아니고 장소도 사람들이 상상하는 호화로운 갤러리도 아닌데 큰일이다 싶었다.

더 큰 문제는 기사에 실릴 단아의 사진이다. 작품을 들고 있는 단아 사진을 원하는 것 같은데, 단아가 호락호락하게 사진을 찍어줄 리가 만무하다는 것을 누구보다 잘 알기에, 기자가 사진을 찍으러 온다고 하기 전에 내가 먼저 단아 사진 찍기에 도전했다.

전시회 오프닝 때 입히려고 사놓은 예쁜 옷을 단아에게 권

하니 절대 안입겠다고 했다. 그냥 평소에 단아가 입고 다니던 옷을 입혀 사진을 찍었다. 다행히 내 기준에서 한두 개 건진 사진이 있긴 했는데, 그래도 신문에 실릴 사진인데 이왕이면 더 예쁜 모습이기를 바라는 엄마 마음은 욕심인 건지!

오늘도 좋은 일이 오려나 봐

2021년 11월 10일
그 계절 딱 그 시간만의 공기가 있다.

바쁜 와중에도 그 공기를 마셔보겠다고 얼굴을 문 밖으로 빼꼼히 내밀었다가 다시 분주함 속으로 목을 밀어 넣었다. 하지만 이내 오전 스케줄이 문자 하나로 와르르 무너지고 분주했던 내 마음도 와르르 무너졌다. 무너진 곳에는 새로운 것이 싹을 틔운다. 어느새 나는 읽고 싶었던 책을 재빠르게 손에 들고 좋아하는 것이다. 그리고 오후에 눈에 띄는 인스타 댓글을 발견했다.

안녕하세요. 서울대입구역에서 책 만드는 서점을 운영하고 있는 <자상한시간>입니다. DM을 보냈는데 보셨는지 해서 고민하다가 댓글 남깁니다. 혹 불편하게 했다면 죄송합니다.

이렇게 새로운 인연이 시작되나 보다.

안녕하세요. 방금 댓글 단 자상한시간입니다.
얼마 전에 지인(@andante-graphy)이 단아 어머니 피드를 소개해주셔서 알게 되었습니다. 저도 팔로우하면서 잘 보고 있습니다. 단아에 대한 어머니의 마음이 글로 너무나 잘 전달되어서, 진심으로 읽고 있습니다. 단아 그림도 너무 좋더라고요.

38

단아 어머니가 인스타에 올린 단아에 대한 일기 형식의 글과 단아 그림을 모아서 책을 내보면 어떨까 하고 조심스럽게 제안을 드립니다.

그런 의미에서 단아와 단아 어머니의 시간들을 담은 책을 내고 싶습니다. 저희의 출간 제안을 천천히 생각해 보시고 답 주시면 감사하겠습니다.

- DM 일부 발췌 -

어렸을 때부터 팅기는 게 내 삶의 기본 태도이기는 했다. 오죽하면 친구들이 "팅녀"라는 별명을 붙여 주었을까? 하지만 난 팅기지 않고 덥석 손을 잡았다. 대형 출판사든 소형 출판사든 상관없다. 나를 가장 먼저 알아봐 주었다는 것이 중요하다.

나는 "너무 금방 긍정적인 신호를 보내서 재미가 덜 하죠?"라며 농담을 했고, 출판사에서는 "아니요, 너무 너무 좋아요."라며 하트를 보내왔다.

<u>2021월 11월 11일</u>
왔다 갔다, 왔다 갔다, 왔다 갔다.
제자리걸음이 아니라 앞으로 나아가는 소리다.

오늘 새벽에는 아이들의 오래 전 사진을 꺼내 봤다. 저 예쁜 아이들을 두고서도 나는 너무 힘들어 나쁜 생각들을 많이 했다. 하지만 뒤로 밀려나는 듯한 날들이 쌓여 어느새 앞에 서 있는 나를 발견한다. 항상 맨 뒤라고 생각했는데 '왔다 갔다,

왔다 갔다' 하는 사이 꽃은 피고 지고 계절은 지나갔다 다시 왔다.

앞으로 가든, 뒤로 가든 나아가고 있다고 믿으면 성장하고 있는 것이다.

"DANA_a 작가님! 우리 작가님!"이라고 말해주니 아이가 웃는다.

2021년 11월 12일
전시회 때 사용할 아주 작고 귀여운 금고를 샀다.
집 앞 우체국에 가서 거스름돈으로 사용할 동전과 지폐를 바꿨고, 작품 구매를 원하는 분들을 위해 택배 서비스를 신청하고 왔다. 일주일이 걸린다고 했지만 일정에는 차질이 없다.

후원자님들께 보낼 DANA_a 작품 엽서들을 봉투에 넣어 봉한 뒤 단아의 스티커를 뒷면 가장자리에 붙였다. 별거 아니지만 나름 그럴싸해졌다. 기분 좋게 받아주면 좋겠다.

레슨(한국어 수업)이 없는 오늘은 폭풍 청소를 해야만 한다. 거실 조명 설치를 도와주러 지인이 우리 집으로 오기로 했고, 냉장고도 교체하기로 해서 냉장고 정리도 해야 한다.

내일은 아사히신문 기자가 단아의 사진을 찍으러 집으로 온다. '어쩌다 이렇게 됐니?' 스스로에게 물어보고 싶어진다.

하지만 아무리 바빠도 나에겐 인스타에 글 올리는 것이 먼저다. 몇 년 후에 이 글을 읽으며 좋아하고 있을 나를 위해, 그리고 '나도 전시회 해보고 싶다' 하는 엄마들을 위해 열심히 기록 중이다.

전시회 때는 작품도 팔 예정이지만, 그 외에도 전통차와 과자 세트, 엽서, 달력 그리고 후원받은 베틀로 짠 가방까지 판매할 예정이다. 전시회 소식을 들은 화장품 업체가 몇 개의 화장품을 후원해줬다. 작품을 사는 분들에 한에서 선착순으로 증정할 예정이다.

오후에는 출판사로부터 이메일이 도착했다.
책의 콘셉트와 출간 계약서 및 책 출간 일정에 대한 내용이었다. 출판사의 생각과 내 생각이 다르지 않아서 출항이 순조로울 것 같다. 책의 콘셉트에 관련해서는 '단아가 많이 등장하는 글이 되겠지만, 거북맘들만의 축제로 만들고 싶지는 않습니다. 오히려 장애와 전혀 상관없는 분들이 장애를 알아가는 계기가 되는, 그런 길목 같은 책이 되기를 바라고 있습니다.' 라고 답했다. 출간 일정을 묻는 질문에는 내년 4월 2일로 하고 싶다고 의견을 전했다.

매년 4월 2일은 '세계 자폐증 인식의 날'이다. 자폐에 대한 사회적 인식을 높이기 위해서 2007년 국제연합총회에서 만장일치로 선포를 했다. 이 날은 미국의 록펠러 센터나 호주의 시드니오페라하우스, 브라질의 예수상 등 세계적인 건축물에 파란불을 켠다. 이것을 **'Light Up Blue 캠페인'**이라고 한다.

내 이름으로 책이 나올 수 있다는 것만으로도 행복한데 4월 2일 '세계 자폐증 인식의 날'에 맞춰서 출간된다면 더욱 영광일 것 같다. 이 책을 통해 다만 몇 명이라도 '세계 자폐증 인식의 날'을 알게 되면 좋겠다. 그리고 언젠가는 크리스마스에 트리를 만들고, 부처님 오신 날에 연등을 올리듯, 4월 2일에는 여기저기에서 파란불이 켜졌으면 좋겠다.

2021년 11월 13일

집에서 내가 찍은 단아 사진을 아사히신문 기자에게 보냈다. 하지만 역시 사진은 직접 찍어야 하는 것이 그 세계의 룰인가보다. 아사히신문 기자가 단아를 찍겠다며 카메라를 들고 찾아왔다. 여리하고 예쁘게 생긴 기자는 내 등에 업힌 채 맨션 로비까지 나온 단아를 보고 함박웃음을 지어주었다. 사뭇 찐 팬의 눈빛이다. 단아와 함께 사진 찍을 작품을 몇 점 보여드렸더니 어린아이처럼 좋아했다. 그 모습이 너무 고마웠다.

지난번에 단아에게 입히려다 실패한 원피스를 은근슬쩍 다시 권해봤더니 의외로 순순히 허락해 주었다. 용기를 내어 구두까지 신기는데 성공했다. 하지만 역시 뛰어다니는 단아를 잡으러 다니며 사진을 찍는 것은 쉽지 않다.

어느 정도 사진을 찍은 뒤, 아빠가 추가 인터뷰를 할 수 있도록 나는 단아를 업고 밖으로 나왔다. 단아와 둘이서 한참을 드라이브를 하고 집으로 돌아와서 남편에게 물었다.

"어땠어?"

"당신의 인스타를 다 보고 왔더라고. 단아 작품 활동하는 동영상도 다 보고. 너무 고맙더라."

나도 정말 고마웠다.

오늘은 '시우'라는 아이를 키우는 인친(@wooya_sm)님으로부터 DM이 도착했다. 단아의 모습이 담긴 시우의 그림이었다. 시우는 단아처럼 발달장애가 있는 아이인데 그림을 참 잘 그린다. 단아가 추상화라면, 시우는 목이 아주 긴 기린처럼 자기만의 형태가 있는 그림을 그린다.

시우 엄마가 시우랑 수영장 가는 길에 단아 사진을 보여주며 한번 그려보라 했더니 웬일로 그렸다며, 평소에는 뭘 시키면 잘 안하는 녀석인데 예쁜 여자를 좋아한다며 시우 엄마는 우스갯소리를 던졌다. 단아의 첫 팬레터 같은 기분이 들었다. 너무 고마워서 남편에게도 자랑하고 인스타에도 올렸다.

1
보려고 하면 보이는 문

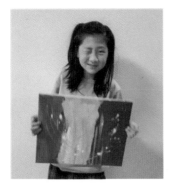
단아

시우가 그린 단아

최근에 생긴 꿈이 하나 있다. 천재 거북이들의 콜라보로 「나르는 거북이展」을 해보고 싶다. 그런데 엄마들이 힘들어서 해야 하는 개인 전시회 말고, 큰 기업이나 단체의 후원을 받아서 하는 초대전이면 좋겠다. 너무 큰 꿈일까? (웃음)

2021년 11월 18일

해마다 자살한 사람의 수가 5가지 흔한 전염병으로 죽은 사람을 모두 합친 수보다 많다는 것이다. 왜 이런 현상이 나타날까? 바로 '걱정' 때문이다.

<데일 카네기의 자기관리론> 중에서

얼마 전 한 인친님의 피드에 올해 읽은 책들의 사진이 올라왔다. 무슨 책이 제일 좋았냐고 물어봤더니 그중에 데일 카네기의 「자기관리론」이라는 책을 추천해줬다.

다른 사람들도 미래에 대한 걱정과 불안이 많겠지만, 거북맘들과는 비교 대상이 안 될 것이다. 한 걸음 한 걸음이 에베레스트이고 태평양처럼 막막하다.

오늘은 학교 참관 수업인데 단아가 입기에는 너무 짧아진 트레이닝복을 입고 나가겠다고 고집을 부려 한참 난감했다. 평소 같으면 그냥 입고 가라고 했겠지만, 오늘은 학교에 엄마들이 다 모이는 날이라 시선을 끌고 싶지 않았다.

만 3~4세 때 이미 끝냈어야 하는 과정들을 단아는 5학년이 된 지금도 실랑이 중이다. 오늘따라 그 옷이 왜 마음에 쏙 들었는지 모르겠지만, 덕분에 이해의 폭을 조금 더 넓혀야 하는 숙제를 받은 기분이다. 엄마의 이해심을 어디까지 늘릴 참인지 궁금하군.

2021년 11월 19일
전시회 준비가 막바지에 달했다.
피터 관장님과 사타케 사진작가님의 도움을 받아 전시회장에 작품을 설치를 하고 왔다. 전문적인 갤러리가 아니다 보니 조명이 너무 아쉽지만 아쉬운 대로 만족해하고 힘들지만 감사하기로 결심했다.

세토시에서 전문 갤러리를 운영하고 있는 피터 관장님을 이렇게 개인적으로 만나본 건 처음이었는데, 사실 단아의 전시회를 시작할 수 있게 만들어준 장본인이기도 하다. 단아의 그림을 SNS에 처음 올렸을 때 우리 교회 목사님을 통해 피터 관장님이 전시회 화두를 던졌다. 그때만 해도 '전시회는 무슨 전시회'라고 생각했는데 아무래도 그 말 한 마디가 가슴 속에 남아있었나 보다.

전시회 준비가 막바지에 달했다. 그리고 단아의 첫 개인전 소식이 아사히신문을 통해 알려졌다.

2021년 11월 20일
신문에 두세 줄만 나와도 영광이라 생각했는데 신문기사를 보고 깜짝 놀랐다. 단아 기사가 신문 한 면의 절반을 차지하고 있었다. 기사에 사진도 세 개나 들어갔다. 우리가 신문을

사기도 전에 지인으로부터 단아의 기사가 실린 사진이 문자로 도착했다. 남편이 신문을 사러 나간다기에 넉넉하게 사오라고 말했다. 남편은 30매를 구입해서 왔다. 우리 둘은 깔깔거리며 웃었다.

번역한 신문 내용을 한국에 있는 가족들에게 전송했다.

자폐스펙트럼 증상이 있는 초등학교 5학년 류단아(11)의 그림 전시 개인전이 11월23일부터 나고야시에서 열린다. 여러 가지 색이 있는 것처럼, 이 세상에는 여러 사람들이 존재한다. 부모는 이런 생각을 개인전에 담았다.

단아는 한국 태생. 아버지 류경원 씨는(37) 학생 시절 난잔 대학에서 유학한 것을 인연으로 일본에서 살고 있고 단아도 한국에서 태어난 직후 나고야에서 지내고 있다.

단아는 사람과의 커뮤니케이션이 곤란하고 자신이 정한 룰에 어긋나면 강한 스트레스를 받는다. 경원 씨 부부가 가장 걱정하는 부분은 단아가 어른이 되고 나서부터이다. 매일 매일의 생활을 지내기 위해 단아가 좋아하는 것을 찾기 위해 수영과 음악 등 여러 가지의 것들을 단아와 함께 해왔다. 그 중 하나가 그림을 그리는 것이다.

더러워짐을 「각오」
어릴 적부터 한 학년 아래인 여동생 옆에서 크레파스와 볼펜으로 그림을 그렸고, 어린이집 선생님들이 "단아는 그림을 좋아하네요"라고 했다. 단, "그림도구로 방이 더러워지는 것을 생각하면 각오를 다질 시간이 필요했다"라고 경원 씨는 웃으며 말했다. 단아가 학교생활에 적응하고 조금씩 상황이 괜찮아진 초등학교 3학년 때 물감과 캔버스를 준비했다.

10가지 색 정도의 물감을 보여주며 "무슨 색이 좋아?"라고 물어보면 단아는 녹색 물감을 집었다. 관심이 없는 일에는 아예 시작조차 하지 않는다. 그런데 이 시기에 엄마 고현선 씨에게 붓을 받아들고 캔버스에 색을 칠하기 시작했다. 첫 작품 <Hello! Melon>이 완성되었다.

한때는 잠들기까지 시간이 오래 걸린 단아가 그림을 그린 날에는 왠지 '잘 잤다'라는 느낌을 받았다. "자기 안의 무언가를 발산해서일까?"라고 경원 씨는 말했다.

단아는 지금도 그림을 그리고 있다. 방과 후에는 데이서비스에서 귀가하고 저녁을 먹은 7시 30분 즈음부터가 창작의 시간. 자기 방에서 짧게는 3~4분, 길게는 30분 정도 캔버스를 향해 붓과 손가락을 사용하여 색감이 넘치게 색을 더한다.

인스타그램에서의 호평
집 안에 그림을 걸어 놓았을 때 손님으로부터 "멋있네요"라고 칭찬을 받기 시작했다. 작품을 인스타그램에 올리면 약 50 건 이상의 "좋아요"가 눌러지고 "너무 아름답다" "안정이 된다" 등의 댓글도 달렸다.

단아의 그림을 통해 자폐스펙트럼 증상이 있는 사람들에 대해 알게 되었으면 하는 바람으로 개인전을 하기로 했다.
"단아가 혼자서는 못 하는 것이 많이 있지만, 독창성으로 사람의 마음을 치유하는 그림을 그릴 수 있다. 그것이 누군가에게 용기가 되었으면 기쁠 것 같다"라고 경원 씨는 말했다.

62작품 전시
「IROIRO전」은, 나고야시 히가시구에 있는 나고야 미니스트리센터에서 11월28일까지 열린다(오전 10시부터 오후 7시 30분까지, 마지막 날에는 오후 12시 30분까지). 입장 무료. 크고 작은 작품 62점을 전시한다. 작품도 판매하고 작품을 인쇄한 포스트카드 및 달력도 판매한다.

(우라미사치카)

새벽에 잠에서 깼다. 다시 잘까 하다가 다시 자면 안 될 것 같아서 테이블 앞에 앉았다.

그저께는 'DANA_a'가 신문에 나왔고, 어제 나는 출판 계약으로 공식적인 작가가 되었고 오늘은 숙덕대학 연수를 위해 회의에 참여하는 날이다. 내일 모레는 드디어 전시회가 시작된다.

며칠 전 잠에서 덜 깬 단아의 모습이 너무 귀여워 사진으로 찍어놓은 것이 있는데 그 표정이 지금의 내가 아닐까? 꿈에서 현실로 이동 중인지, 현실에서 꿈으로 이동 중인지, 뭔가 그 중간 어디 어디쯤. 아~ 정신을 차려야 할 것 같다.

압박감에 순간순간 후회하지만, 과거로 돌아간대도 같은 선택을 할 걸 안다. 내가 좋아하는 한 인친님이 단아 기사와 전시회 소식을 들으며 "이제 고생 끝이네요."라고 말하길래 화장실 앞에서 아이 ×냄새 맡고 있다며 현실을 알려주었다.

알만한 사람들끼리 이러면 정말 반칙이다. (웃음)

2021년 11월 22일
전시회 하루 전날 밤이다.
단아 전시회 장소인 미니스트리센터에서 저녁 7시까지 영어 교실이 진행되었기에 저녁 7시가 넘어서야 갤러리의 남은 공간을 채울 수 있었다.

가장 좋아하고 중심이 되는 작품을 메인 위치에 설치했다. 「보려고 하면 보이는 문」이라는 작품 두 점과 「好き(좋아)」라는 작품 두 점이다.

나는 저 문을 통해 과거와 미래를 오고 간다. 어디든 갈 수 있는 문이다. 중요한 것은 저 문을 들락거리면서 가장 가치 있는 것을 찾는 것이다. 자신의 가치는 자신이 좋아하는 것을 만나는 지점에서 큰 에너지가 발생한다고 생각한다.

전시회장에 많은 사람이 오셔서 단아의 작품들을 관람하면서 자신이 찾고 싶은, 아니 찾아야 하는 인생의 해답들을 꼭 찾아 돌아가기를 염원하고 있다.

2021년 11월 23일
드디어 DANA_a 의 개인전이 시작되었다.

오프닝 때, 가족사진을 찍으려고 단단히 벼르고 있었는데 많은 사람들 앞에서 긴장한 단아가 내 등에서 꿈쩍도 하지 않아서 결국, 사진 찍기는 실패했다.

대신 단아의 대리자로 소감을 말한 동생 인아가 한국어와 일본어로 똑 부러지게 발표를 잘해줘서 감동했다. 코로나 시국이라 오픈 20분 전에 관계자들만 불러 오프닝을 하려고 했는데 미리 와서 기다리고 있던 지인들 몇몇 분들이 함께 해주셔서 더욱 감사하고 따뜻한 오프닝이 되었다.

이민 생활을 하면서 '늘 외롭다' '어차피 혼자다'라는 생각을 많이 하며 지냈는데 반성했다. 반성해야만 했다. 축하해주기 위해 단숨에 달려오신 분들에게 진심으로 감사 인사를 전하고 싶다.

인생의 고비고비를 잘 넘긴 것에 대한 보상을 오늘 전부 받은 것 같은 느낌이랄까? 정말 감사뿐이다.

2021년 11월 24일

오늘도 오전부터 정말 끊임없이 많은 분이 찾아주었다.

나에게 한국어를 배운 회원들, 남편 직장의 SNS서포터즈, 'dela'라는 일본 아이돌그룹 멤버 두 명과 'dela'를 좋아하는 테니스 코치님까지. 생각지도 못했던 많은 분의 등장에 너무 반가워 발을 팡팡 구르며 좋아하기도 하고, 자기 일처럼 적극적으로 도와준 스태프들에게도 너무나 큰 감동을 받았다.

엄마, 아빠의 수고에 대해 많은 분이 언급해 주었는데, 내 입장에서는 갑자기 추워진 날씨에도 귀찮음을 무릅쓰고 먼 길까지 와주신 분들이 정말 대단하고 멋지게 보였다. 축하와 응원을 아끼지 않은 분들께 보답하기 위해서라도 힘들더라도 잘 이겨내 보고 싶다.

우리 부부가 다 갚지 못하는 고마운 마음이 어디선가 행운이라는 이름으로 방문해주신 모든 분들께 돌아가기를 소원해 본다.

2021년 11월 25일
"단아 아빠, 우리 이거 왜 시작한 걸까?"
"아이구야! 어거 끝까지 할 수 있을까?"

전시회 셋째 날 삐걱거리는 몸을 느끼며 눈 뜨자마자 남편과 한 대화였다. 오늘 오전은 남편이 출근을 하고, 나 홀로 전시회장을 지켜야 했기에 부담이 더욱 가중되는 날이었다.

막상 전시회장 문을 열자 방문해주신 분들과의 대화에 감동해서 울기도 하고, 마음이 몹시 뜨거워지고 살아 있음을 느꼈다.

기억에 남는 손님이 한 명 있었다. 처음 뵌 분이었는데 자신도 단아처럼 장애 아이를 키우고 있다고 했다. 지금은 고등학생이 된 아들과 함께 그림도 그리고 베틀 작업을 하고 있다고 했다. 이런저런 이야기를 하다가 그분이 돌아가려고 해서 안녕히 가시라며 인사를 했는데 갑자기 나를 안아주었다. 그 포옹이 너무 갑작스러워서 놀랐고, 너무 따뜻해서 눈물이 났다. "단아 어머니, 단아 키우느라 너무 고생 많지요?"라는 말 한마디가 힘주고 서 있는 나를 무너뜨리며 펑펑 울게 했다.

남편을 통해 알게 된 훈훈한 쉐프가 있는데 원래는 굉장히 말수가 적은 분이다. 그런데 오늘은 갑자기 폭풍 대화가 오고갔다. 자신의 아들 또한 발달장애가 있다며 힘들었던 과정들을 이야기했다. 지금은 많이 좋아졌는데 정말 한순간에 좋아졌다며 희망적인 메시지를 전해주었다. 5학년 때까지도 말을 거의 한마디도 못했던 아들이 지금은 일반 중학교에 다니고 있다니 지금의 나로서는 도저히 상상할 수도 없는 일이다.

지친 몸을 이끌고 집으로 왔을 때 알고 지내는 아래층 동생이 문 앞에다가 저녁 먹을거리를 가져다 놓은 것을 발견했다. 오늘은 맛있게 먹고 꿀잠 잘 것 같다.

2021년 11월 26일
"현짱, 전화 좀 받아보세요. 방송국이래요."
전시회에 방문한 손님과 이야기를 하고 있다가 마이클 선생님을 따라 부랴부랴 2층 사무실로 올라갔다.

"안녕하세요. 츄쿄TV에 카네마쯔라고 합니다."

옆에서 마이클 선생님은 상기된 표정으로 이면지와 볼펜을 건넨다. 나는 자연스럽게 그것들을 받으면서도 떨리는 목소리로 이야기하고 있었다.

"죄송합니다. 남편과 통화하시면 더 좋을 것 같은데요, 전화번호 알려드릴게요. 저보다 남편이 일본어에 능숙해서요."

하지만 상대방은 나보다 더 다급한 목소리로 대화를 이었다.

"죄송한데, 저를 기억하실지 모르겠는데……."

일본의 한 방송국 PD로부터 걸려 온 전화였다.

어제 단아 전시회에 데이서비스 선생님들이 방문해주었다. 그 중 사쿠라 선생님은 단아의 작품을 구입해서 기억하고 있었다. 특히, 아버지와 함께 와서 인상 깊었다. 그런데 사쿠라 선생님의 아버지가 방송국 PD일 줄은 꿈에도 몰랐다. 그분 또한 딸을 따라서 온 단아의 개인전에서 감동을 받으리라고는 생각지도 못했던 것 같다.

PD님은 단아의 전시회를 촬영해놓고, 단아의 그림이 수록된 내 책이 출간되는 시기에 방송을 하고 싶다는 제안을 했다.

요즘 나에게 일어나는 우연한 일들이 정말 우연인지 궁금하다. 내가 너무 힘들어하던 시기에 친정 엄마가 해준 말이 기억난다. 2016년 11월 11일 일기에 엄마와의 대화를 적어 놓았다.

하나가 열리면 어느새 다른 문들도 열려 있고
하나가 닫히면 어느새 다른 문들도 닫힌단다.
딸아!
선한 마음이라는 문 하나를 열려고 노력해보렴!

그래, 나는 엄마의 말처럼 있는 힘껏 하나의 문을 여는데 성공했는지도 모르겠다. 그래서 열고 들어간 문 너머에 있는 다른 문이 열리고 또 열리고 있는 것인지 모른다.

희망의 문을 열어 보려는 그 결심, 그 자체가 전부인지도 몰라. 시작은 나였지만 막상 문이 열릴 수 있었던 건 응원하는 이들의 따뜻한 바람 덕분이 아니었던가!

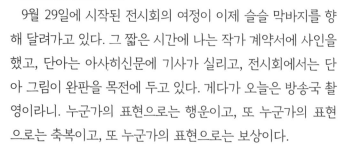

　9월 29일에 시작된 전시회의 여정이 이제 슬슬 막바지를 향해 달려가고 있다. 그 짧은 시간에 나는 작가 계약서에 사인을 했고, 단아는 아사히신문에 기사가 실리고, 전시회에서는 단아 그림이 완판을 목전에 두고 있다. 게다가 오늘은 방송국 촬영이라니. 누군가의 표현으로는 행운이고, 또 누군가의 표현으로는 축복이고, 또 누군가의 표현으로는 보상이다.

오 늘 도　좋 은　일 이　오 려 나　봐

　토요일인 오늘은 단아도 학교를 가지 않기 때문에 전시회장으로 같이 출발했다. 첫 날 오프닝 때 긴장한 나머지 그 이후에는 전시회장 안으로 들어가지 않으려고 버텨서 단아가 빠진 단아 전시회 중이었다. 어젯밤 전시회를 마감하고 사람이 없을 때 단아에게 컵우동을 먹였는데 그 때문인지, 오늘 아침에는 큰 무리 없이 단아를 전시회장 안으로 데리고 들어갈 수 있었다.

　방송국 사람들은 약속 시간보다도 더 일찍 와서 전시회장 밖의 풍경을 촬영하고 있었다. 단아는 자신이 좋아하는 컵우동을 이른 아침부터 당당하게 요구했다. 방송국 촬영팀이 실내로 들어왔고 카메라의 초점이 손으로 우동을 먹고 있는 단아에게 맞춰졌을 때, 순간 너무 걱정되면서 긴장되었다.

　발달장애에 대한 인식을 높이기 위해 그 가족의 삶이 실제로 어떠한지 보여줘야 한다는 의무감과 사명감이 내 마음속에 내재해 있으면서도 사람들의 오해, 선입견 그 손가락의 끝이 내 심장을 찌를까 봐 너무 두려웠다.

우리 부부는 PD님과 잠시 대화를 하면서 황금시간대에 방송하는 <캐치>라는 유명한 프로그램의 PD라는 걸 그제야 알게 되었다. 일본 방송을 거의 보지 않은 나까지도 아는 프로그램이니 뭐, 말 다한 셈이다.

그렇게 잠깐의 대화를 나누는 사이, 갑자기 인터뷰 모드가 되었다. 인터뷰는 절대 안 하겠다고 마음먹었건만 진짜 망연자실. 자포자기한 상태에서 준비도 없이 들어간 인터뷰에서는 머리가 멍해져서 PD님이 도대체 무슨 질문을 하고 있는지도 모르게 심장이 빠르게 뛰었다. 그나마 남편이 옆에서 잘 수습해 줘서 얼마나 다행이었는지⋯⋯.

그래도 한동안 이불킥 좀 할 것 같다.

2021년 11월 28일

오늘이 전시회 마지막 날이었다.

오후에는 장소를 비워줘야 해서 12시 30분까지만 전시를 해야 했다. 그런데도 무리해서 오늘까지 전시 일정을 잡은 이유는 일요일밖에 오지 못하는 분들을 위한 배려였다.

마지막 날에도 꽤 많은 분이 방문해주었다. 처음부터 팔지 않기로 결정했던 4개의 작품들을 제외한 모든 작품이 새로운 주인을 찾아갔다. 끝까지 한 작품이 안 팔렸는데, 참 신기하게도 그 작품은 내가 너무 팔기 싫어서 마지막까지 가격표를 붙일까 말까 고민했던 작품이었다. 메인 작품들을 너무 안 파는 거 아닌가 싶은 죄책감에 그 작품을 내놓으며 다시 나에게 돌아오라며 꼭 안아주었던 작품이었는데, 거짓말처럼 나에게 돌아왔다. 사람과 사람 사이에도 인연이 있듯 사람과 작품 사이에도 특별한 연이 있음을 알았다.

다음 전시회는 또 언제 할 거냐고 물어보는 분들이 많았는데 작품이 전부 팔렸으니 단아의 컨디션과 엄마의 컨디션이 괜찮은 날들이 모인, '언젠가'를 기약하는 수밖에 없을 것 같다.

색이 조합을 이뤄 작품이 되듯 온도, 습도, 소음, 그날 그 순간의 감각이 어우러져 기억과 추억이라는 것을 만들어 내는 것 같다. 사람들의 호평이 예의만은 아닌 것 같아서 쫄보 엄마가 살짝 덜 쫄게 되어서 다행인 시간이었다.

잘 부딪혔다.

<u>2021년 11월 29일</u>
행사가 끝났다.
팔린 작품들을 새로운 주인들에게 무사히 전해 주어야 하는 일이 가장 급선무였다. 작품을 떼어내는 과정에서 갤러리 벽을 상하게 하지는 않을까 밤새 걱정했다. 아침에 가보니 벽에서 잘 떼어진 작품들이 테이블 위에 얌전히 놓여 있었다.

미리 수고해준 선교사님 부부께 감사한 마음이 들었다. 너무 고마운 마음에 미안한 표정을 지으니 세상 쿨내나는 표정으로 괜찮다는 제스처를 한다. 문화가 다르다는 것은 많은 부분을 이해하고 넘어가야 할 때가 많은데 암튼 미국 문화는 참

쿨한 부분이 많다는 생각이 든다. 캐서린(선교사 부인)을 보면서도 늘 생각하지만 참 못하는 것도 없고, 나이는 나보다 어려도 듬직한 큰 언니 같다.

그렇게 세상 쿨한 캐서린도 이번 전시회를 통해 느낀 것이 많다며 작품을 떼어내면서 눈물이 나올 뻔했다고 했다. 나야 내 딸을 위한 전시였기에 순간순간이 감사하고 감동이었지만 도대체 그 무엇이 사람들의 마음을 움직였을까 궁금하다.

고토 선생님이 꽃꽂이 작품을 회수해 갔다. 선생님도 일주일 내내 꽃의 상태를 확인하면서 물을 주기 위해 거의 매일을 출근하다시피 했다. 나도 지금까지 살면서 많은 꽃꽂이를 봤지만 이번 작품은 진짜 어디서도 보지 못한 너무 멋진 작품이었다. 그런 멋진 꽃이 중앙에서 사람들을 맞이해주었기에 전시장이 더 돋보일 수 있었다. 아무런 대가도 받지 않고 단아를 위해 수고를 마다하지 않았던 선생님께도 진심 어린 감사 인사를 드리고 다음의 만남을 기약했다.

선생님이 댁으로 돌아가신 후 홀로 남은 나는 작품을 하나하나 에어캡으로 포장하기 시작했다. 예상보다 훨씬 더 많은 에너지가 필요했다. 아침도 안 먹고 부랴부랴 나와야 했기에 배까지 고파서 힘들었는데 선교센터의 스태프인 J.J가 도와줘서 큰 힘이 되었다.

벽에 걸렸던 현수막은 카터 선생님(선교사)이 떼어서 잘 개켜주셨다. 어제 싣고 가지 못했던 짐들과 함께 포장된 작품들을 차 트렁크에 실었다. 대형 작품 하나와 엽서꽂이만 일단은 남겨 두고 철수했다.

2021년 12월 1일
비가 왔다.
귀찮은 마음이 들었지만 일단 우산을 들고 나왔다.

조금 걷다 보니 비는 금방 그치고 깨끗한 하늘이 눈 앞에 펼쳐졌다. 걷는 시간은 아깝지 않다. 바쁠수록 고요한 시간이 필요하다. 자신의 소리를 조율하기에 '고요함'만큼 필수적인 것은 없다.

산책 후에 우체국에 들러 작품들을 새로운 주인에게 보냈고, 인아를 학원에 데려다주는 길에 베틀로 만든 작품을 지원해주셨던 야마자키 선생님한테도 들러 작품을 반납했다. 개인적으로 이번 전시회에 빼놓을 수 없는 재미는 바로 야마자키 선생님이었다. 공방을 운영하고 있어서 평일에는 전혀 참석 못하리라 예상했던 야마자키 선생님이 6일간의 전시회 중 총 4일을 왔다 갔다. 지인들을 데리고 와서 굿즈를 얼마나 많이 사가는지 내어드리는 손이 죄송할 정도였다. 함께 베틀 작품 전시회를 하는 분들과 오셨을 때는 본인의 회원들에게 단아 전시회를 보고 배우라고도 했다. 그 모습을 보고 있자니 얼마나 웃기든지 남편과 한참을 웃었다.

본인 전시회 때는 비싸게 팔았던 가방을(팔거나 갖거나 후원하거나 알아서 하라고) 우리에게 기부해줬다. 그 가방 중의 하나는 발달장애인 분에게 드렸다. 오늘 취업 면접을 본 다음에 우리 전시회를 보기 위해 아주 먼 길을 찾아왔다고 했다. 학교를 졸업한 후에 처음으로 취업하는 거라는데 설거지하는 일이라고 했다. 기차를 너무 좋아한다는 그분에게 남편이 기차 그림이 있는 가방을 선물로 줬다. 나는 너무 잘했다고 남편을 칭찬해줬다.

2021년 12월 3일

일회용 밥에 참치 캔, 일회용 김과 스틱 빵.

다른 엄마들처럼 도시락통에 넣어서 예쁘게 싸주고 싶건만 오늘도 엄마의 자존심과 욕심을 버리고 단아가 먹을 수 있는 것들로 챙겼다. 한 입이라도 먹고 와주면 너무 고맙고 행복할 것 같다.

나고야에 사는 초등학생들은 5학년이 되면 나카츠가와라는 곳으로 1박 2일 여행을 간다. 하지만 올해 5학년들은 코로나 때문에 갈 수 없었다. 학교에서는 일정을 여러 번 조정한 끝에 오늘 드디어 가까운 곳으로 당일치기 야외소풍을 갔다.

가까운 곳이지만 관광버스를 대여하고, 낮에 캠프파이어도 한다고 한다. 단아도 함께 할 수 있게 되어 다행이다. 1박 2일 여행이었다면 여러 가지 상황으로 단아만 참여하지 못했을 가능성이 컸을 것이다. 캠프파이어를 한다는 이야기를 듣고 단아의 안전이 심히 걱정되지만, 한편으로는 걱정하는 것이 단아를 돌봐주는 선생님께 실례가 되는 것 같아 조금은 마음을 내려 놓기로 했다.

1

보려고 하면 보이는 문

2021년 12월 4일

입양을 보낸 단아의 작품들이 천대받지 않아서 너무 다행이
다. 지인이 보내온 사진을 보니 단아의 그림을 예쁜 액자 안에
넣어 벽에 걸어주었다. 액자 아래에 놓인 예쁜 꽃이 벽에 걸린
단아의 작품을 더욱 돋보이게 해준다.

작품을 팔기로 결심하면서 고민했던 부분 중 하나는 혹시
라도 '예의상 구입해서 방치하면 어떡하지?' 하는 걱정이었다.
그런 예의는 받고 싶지 않았다.

우리 부부는 '작품을 사주세요'라는 마음이 아니라 정말 사
고 싶어 하는 분들만 구입해 주길 바라는 마음이었는데, 작품
을 구입한 분들이 보내주는 사진들을 보니 그 바람이 이루어
지고 있어서 천만다행이다 싶다. 한 작품 한 작품 자신의 자리
를 잘 잡아 귀한 대접을 받고 있었다.

2021년 12월 6일

몇 번의 메일을 주고받은 뒤 오늘 처음으로 출판사와의 줌
회의가 있었다. 아이들을 학교에 보내고 부랴부랴 화장을 하
고 옷을 입고 긴장된 마음으로 테이블에 앉았다. 아침 9시 30
분 첫 대면이 시작되었다. 출판과 관련하여 여러 가지 대화가
오고 가던 중 나는 이런 질문을 던졌다.

"누군가에게 보여주기 위해 쓴 대단한 글도 아닌데 제 글의
어떤 면이 좋아서 저에게 출판 제의를 하셨는지 너무 궁금해
요."

그 질문에 큰자상지기님(출판사 대표)이 "제가 먼저 이야기 해도 될까요?"라며 말을 이었다.

"어제 인스타그램 글에서 다른 엄마들처럼 도시락을 예쁘고 먹음직스럽게 싸주고 싶은데 아이를 먹이기 위해 참치 캔을 그대로 넣어야 한다는 대목도 그렇고, 처음으로 눈을 똑바로 바라보며 인사를 하는 단아를 보며 감격했다는 글을 읽으면서, 눈을 보며 인사하는 것이 그렇게 대단하고 감격적인 것이었나를 생각해 보게 되었어요. 단아 어머니께는 그런 생활이 일상일지 모르지만, 저희처럼 발달장애를 영화나 드라마를 통해서만 아는 사람들은 정말 감히 상상도 할 수가 없어요. 그런 단아 어머니의 일상의 소소함이 묻어나는 글에서 많은 것을 알게 되고 깨닫게 됩니다."

맞다. 나는 대다수의 사람들은 상상도 하지 못할 일상을 살고 있다. 단아가 눈을 마주 보고 인사를 하는 그 순간은 닭살이 돋을 정도로 감격스럽다. 나는 세상의 수많은 당연함이 당연하지 않다는 사실을 배워가고 있다.

2021년 12월 8일
단아 인생 두 번째 팬레터를 받았다.

단아맘님의 피드를 찬찬히 쭉 보았어요. 정말 강인하고 멋진 엄마시구나 느꼈답니다. 우리 단아 전시회도 멋지게 끝낸 기념으로 어떤 선물을 해주면 좋을까 생각하다 부족한 솜씨지만 마음을 다해서 허락도 없이 그렸습니다. 그러면서 우리 단아 "예쁘다, 예쁘

다." 했네요.~~♡

단아 가족 모두 내년에는 더 행복한 일 가득하시길~~ 멀지만 가까이에서 응원합니다. @twoooojs_mom

서로 얼굴을 본적도 없는 사이지만, 누군가가 나와 내 딸을 위해 시간을 내어 마음을 건네는 정성에 깊은 감동을 받았다.

나는 그저 용기를 내서 한 걸음 더 걸었을 뿐인데 그 한 걸음 앞에는 다른 길이 펼쳐져 있음을 느낀다.

단아는 어제 밤부터 더 적극적으로 침대 매트 위에서 점프를 한다. 운동도 저런 과격한 운동이 없겠다 싶어질 정도로 뛴다. 예전에는 단아의 저런 모습을 받아들이기가 지금보다 쉽지 않았다. 시간이 흐른 지금은 약간의 긍정적인 시선이 더 생긴 것 같다.

뛸 수 있는 단아에게 고맙다.
침대는 망가지면 바꾸면 된다.

돈이 없거나 아까우면 맨 바닥에서 자면 된다.

아이에게 뛰지 않는 게 좋겠다고 교육은 하겠지만, 그렇다고 침대 위에서 뛰는 단아 때문에 한숨짓거나 불행하다고 여기고 싶지는 않다. '제발 우리 아이가 침대 위에서 뛸 수 있었으면 좋겠다.'고 생각하는 엄마들이 얼마나 많겠는가. 그러니 오늘은 내게 있는 모든 것에 더욱 감사하며 누리는 삶을 살고 싶다. 한숨지을 일이 아니다. 감사할 수도 있는 일이다.

2021년 12월 10일

며칠 전부터 남편이 계속 나에게 단아와 그림 그릴 것을 압박해온다. 단아도 원하는 눈빛이지만 만사가 귀찮은 나는 애써 모르는 척하다가 오늘에서야 단아에게 캔버스와 물감을 준비해 들이민다.

"단아야, 오늘은 무슨 색이 좋아?"

단아는 가끔 귀찮다는 듯이 도망가는데 오랜만이라서 그런지 얼른 파란색, 흰색, 보라색 세 가지 색을 고른다. 세 가지 색을 섞어 한 가지 색으로 만든다. 음료수통에 넣어져 묽어진 물감을 흩어서 뿌린다.

바닥으로 떨어져 카페트에 물든 물감을 나중에서야 발견하고 기겁하면서 닦는 일은 엄마인 '나'의 몫이다. 단아는 결국 자신이 원하는 바탕을 만드는데 성공했다.

2021년 12월 13일

누군가의 불평하는 소리를 들었다. 하지만 그 불평의 내용이 나에겐 씁쓸했다. 모든 것은 상대적이기 때문이다.

누구에겐 맛없는 밥이 누구에겐 진수성찬으로 보이기도 하고, 누구에겐 싸디싼 한 알의 사과가 누구에겐 비싸서 망설이게 되는 금사과처럼 보이기도 한다. 그러니 매 순간마다 감사함을 배운다.

오늘 나의 넉넉하지 못함이 누구에겐 부러움이 될 수 있고 닿지 못할 꿈이 될 수 있다. 오늘의 나대로 행복할 수 있다면 누리지 못하는 누군가의 삶보다 훨씬 풍요롭지 않을까?

2021년 12월 14일

나도 인권을 보장 받고 싶다.

여름부터 내 팔을 하늘 높이 들게 한 다음, 겨드랑이 내음을 킁킁거리며 맡고 있는 단아를 위해 데오드란트를 바로 샀는데, 이제는 배꼽이다. 얇은 손가락을 얼마나 내 배꼽 안으로 깊이 찔러 넣는지 너무 치욕적이고 아프다. 냄새를 맡고 몇 단어 잘 하지도 못하는 녀석이 얼굴을 찡그리며 "냄새"라고 말한다. 빨리 손 씻고 오라고 재촉했다. 단아도 다급했는지 얼른 가서 손을 씻고 온다.

아~~~~~~~~~~

널 사랑은 하지만 하루에 몇 번씩 겨드랑이와 배꼽을 내어 주어야 한다는 것은 진짜 굴욕이다.

단아야! 엄마가 소리 내어 웃는 게 좋아서 웃는 게 아니란다. 엄마는 오늘부터 배꼽 관리를 더욱 철저히 해야겠다.

2021년 12월 17일

도쿄에 있는 친구가 나고야 전시회에 못 가봐서 미안하다며 행사 전날 밤 화환도 보내주고 단아 물감도 사주라며 기부를 해줬다. 너무 고마워서 며칠 전에 단아의 작품 달력과 엽서 몇 장을 보냈다. 며칠 뒤 친구에게서 사진을 첨부한 문자가 왔다.

단아의 그림 엽서 16장을 나란히 붙여 만든 대형 액자 인증 사진이었다.

친구가 보내준 단아 그림 엽서로 만든 액자 사진

센스 넘치는 친구 덕분에 기분이 좋아서 친정 엄마한테 자랑을 했더니 1분도 안 돼서 엄마도 정말 비슷한 사진을 보내왔다. 너무 감동이다.

친정엄마가 보내온 액자 사진

남편 친구가 보내온 액자 사진

단아의 작품을 구입한 후, 집 한쪽 벽에 예쁘게 걸어 인증 사진을 보내주는 분들도, 단아의 엽서와 달력을 동영상이나 사진으로 찍어서 올려주는 분들도 너무 감사할 따름이다. 나중에 이런 사진이 모아지면 영상으로 만들 생각이다.

작은 도전 하나가 생각지도 못한 사랑을 받을 수 있는 기회가 될 수 있음을 알게 되었다.

세상은 이렇게 따뜻한데 난 왜 지금까지 얼음판 위에서 얇은 옷 한 장만 걸친 채 벌벌 떨고 있었을까?

2021년 12월 18일

우리 가족은 주말 아침에도 부산스럽다. 오늘은 단아와 인아의 스케줄 때문이 아니라 바로 나 때문이었다. 내년 4월 새 학기부터 한국학교 수업에 출강하기로 했기 때문에 견학을 가기로 약속한 날이다.

남편이 나를 학교까지 데려다준다고 해서 단아도 데리고 나왔는데……. 요즘 드라이브에 푹 빠진 단아는 학교에서 돌아온 나를 밤늦게까지 운전을 시키고서야 자신의 욕구를 해소했다. 정말 모든 걸 게우고 싶어질 정도로 피곤했다.

둘째 인아는 크면 손이 덜 가겠지만 단아는 어떤 형태로든 나와 함께 살 것이고, 나는 평생 매여있을 수밖에 없다.

글을 쓰든, 단아가 그림을 그리는 걸 도와주든, 선생님을 하든 나는 다른 사람들에 비해 아주 많이 힘들 것이다. 그래도 해 보려고 한다. 그래도.

2021년 12월 20일

새벽 1시 30분. 단아가 이불에 오줌을 쌌다.
이불을 빨다 보니 부팅된 나의 머리가 다시 꺼지지 않는다. 아직은 졸린데 잠을 잘 수가 없어 그냥 박차고 일어난다.

나는 아이를 키우면서 포기라는 것을 반복적으로 습득했다. 안 되는 것을 붙잡지 않을 용기를 배운 것이다. 어차피 못 할 것 같을 때는 빨리 접어버리는 것도 한 수다. 내가 못 할 것 같

1 보려고 하면 보이는 문

은 게 아니라 아이를 돌보느라 못 하는 것이라서 육아 초기에는 마음의 갈등이 심했다.

어제는 없는 시간을 쪼개서 틈틈이 <야구 소녀>라는 영화를 봤다. 오래전 단아와 같은 장애 아이를 키우는 인친이 추천했던 영화다. 몇 번을 끊어 보다가 감동적인 명대사를 건졌다.

"저는 다른 선수들보다 힘이 약해서 구속은 느리지만 그래도 이길 수 있어요. 느려도 이길 수 있다고요."

느려도 이길 수 있다는 그 말이 오늘 내가 하루 종일 기다리고 기대하던 좋은 일처럼 다가왔다.

영화 <야구 소녀>에서 주인공이 여자라는 사실은 변함없듯이 우리 아이도 장애 아이라는 것은 변함없다. 바꿀 수 없는 것을 바꾸려고 한다면 너무 고통스럽고 한스러운 인생을 살아갈 수밖에 없을 것이다. '느려도 이길 수 있다'는 그 말 앞에서 잠시 멈추어 선다.

나는 오늘도 느리게 간다.
내가 갈 수 있는 속도를 버리고 딸과 함께 느리게 간다.

2021년 12월 29일
단아를 위한 전시회를 준비하면서 준비하는 과정에서는 그 결과가 어떻게 될지 정확하게 예측할 수가 없었다. 지금 쓰고 있는 책 집필도 그렇다. 나는 열심히 기록하고 있지만, 이 책의 방향이 어떻게 될지 전혀 모르겠다. 그냥 주어진 오늘에 최선을 다하고 있다. 내가 말하는 최선이란 불평하는 삶을 살지 않는 것, 즉 끌려가는 삶이 아니라 자신을 이끄는 삶으로 가려고 열심히 방향키를 돌리는 것이다. 출판 후 나의 책이 나만의 만족감으로 남을지 혹은 타인의 삶에 녹아들 수 있을지는 잘 모르겠다.

모를 일이다.
모르기 때문에 하고 있고,
모를 일이기 때문에 후회를 남기고 싶지는 않다.

2021년 12월 30일
알람이 울리기도 전에 일어나는 날이 많아졌다.
싸늘한 거실에 온풍기를 틀고 털 조끼를 입은 채 글을 쓰고 있노라면 어느 새 깜깜했던 마을은 핑크빛으로 물든다.

해가 올라온다.

문을 열고 베란다로 나가니 좀처럼 보기 힘든 붉은 해가 고개를 내밀기 시작한다. 어제 해도 예쁘더니 오늘 해는 더 예쁘네.

연말연시 긴 연휴에 우리 가족은 아직 아무 계획도 없다.
일본인들처럼 오오미소카(12월 31일)에 오오소지(대청소)를 할 것 같지도 않고, 오쇼가쯔(정월)에 하쯔모데(정월의 첫 참배)를 하러 가지도 않을 것이다. 한국처럼 송구영신 예배도 없다. 아직 계획은 없지만 곧 계획이 생길 것이고, 그 사이 사이에도 나는 부지런히 글을 쓸 것이다.

문장을 짓는다.
누군가는 내 문장에서 삶의 향기를 느낄 것이고 위로도 받을 것이다. 누구나 외로운 날이 있다. 누구나 견디기 힘든 날도 있다. 그들을 위해, 나를 위해 문장을 짓는다.

'견뎌야지 어쩌겠니?'라는 말보다 '든든히 먹고 좀 쉬어라.'는 따뜻하고 든든한 한 끼 밥 같은 문장을 짓고 싶다.

새빨갛던 태양이 중천에서 느긋한 오후, 저녁에는 식구들을 위해 맛있는 밥을 지어야지.

오늘도 좋은 일이 오려나 봐

2021년 12월 31일
어제 친정 엄마와의 통화 중에 한 가지 알게 된 사실이 있다. 내가 더 이상은 못 견디겠다며, "엄마! 더 이상은 견딜 수 없을 것 같은데 어떻게 하면 좋겠어?"라며 울었던 그날, 엄마가 돈 200만원을 보낼 테니 먹고 싶은 것도 먹고, 널 위해서만 쓰라고 하던 그 날, 엄마도 견딜 수 없는 마음에 둘째 이모한테 전화를 했는데, 둘째 이모는 외출하고 이모부가 전화를 받았다고 했다. 이모부와는 길게 통화한 적이 없던 엄마가 이모부를 붙잡고 한참을 통화했다며, 둘째 이모네 손자도 발달장애를 가지고 있다고 했다. 그 집도 중국에서 살고 있으니 타지에서 발달장애 아이를 키우는 것이 나와 같은 처지겠다는 생각이 들었다.

나는 200만 원에 목숨을 건졌다. 100만 원이라도 건졌을 것이고, 50만 원이라도 건졌을 것이고, 10만 원이라도 건졌을 것이다. 엄마는 나에게 참고 견디라고 하지 않았다. 내가 며칠이라도 아이들과 떨어져 한국에서 쉬고 싶다고 말했더니 오라는 대답을 망설이지 않았다. 엄마는 본능적으로 딸이 위험에 처했다는 걸 느꼈던 것 같다.

한국에 못 간다고 한 건 나였다. 엄마는 네가 어떻게 한국에 올 수 있겠냐며 조금만 더 참고 견디라고 하지 않았다. 울음을 그치고 한국에 못 간다고 말하니 그럼 널 위해서 뭐라도 쓰라며 준 돈이 200만 원이었다. 하지만 난 엄마의 말처럼 그 돈을 나를 위해서 단 한 푼도 쓰지 못했다. 그것이 옳은 일이든, 옳지 않은 일이든 난 돈이란 것을 나만의 만족을 위해 써본 경험이 거의 없다. 그래도 든든했다. 2천만 원도 2억 원도 아니었지만 20억 원쯤 되는 것처럼 내 마음이 그랬다.

한 걸음이 아니라, 반의 반 걸음도 못 걷겠다고 여겨졌던 그 순간을 지나 2021년의 후반기는 우사인 볼트처럼 달려왔다.

용기를 내었던 마지막 한 걸음이 아니었다면 난 영원히 그 어둠의 터널(아니, 엄마의 표현을 빌리자면 어둠의 골짜기)에서 빠져 나오지 못했을 것이다. 99도까지 끓다가 1도를 남겨두고 다시 차가워지는 사람이 되었을 것이다.

**

새벽부터 눈이 폭폭 쏟아지기 시작했다. 내가 사는 나고야에서는 좀처럼 볼 수 없는 광경이다.

내일이 오면 오늘은 과거가 되어버리는 한 해의 마지막 날. 나는 새벽처럼 일어났고 둘째 인아도 덩달아서 일어났다.

아이와 함께 2021년 감사했던 일들 10가지와 2022년 이루고 싶은 일들 10가지를 적었다. 그리고 함께 기도했다. 기도할 때는 큰딸 단아도 함께했다. 엄마와 인아가 기도한 후 단아가 일본어로 주기도문을 외웠다.

남편은 어제부터 컨디션이 안 좋았지만 나에게 글 쓰는 시간을 내주기 위해 아이들을 데리고 집을 나섰다.

나는 나의 뜨거운 문장으로 타인을 먹여 살릴 것이다. 타인을 위한 것이 결국은 나를 위한 것이 되는 삶을 선택할 것이다.

나의 글을 읽는 사람들이 잘 되길 바란다.
용기를 내어 나머지 한 걸음을 걸어보기를 진심으로 바란다.
뭐든지 일단 시작하길 바란다.
시작하고 넘어지더라도 시작을 반복하기를 바란다.

행운은 아침 해에서 솟는 것이 아니라,
좋은 일이 오길 바라는 간절함에서 솟는 것이다.

나는 매일 아침 해를 바라보며 부지런히 손을 흔들 것이다.

간절하게 좋은 일이 오길 바라는 마음으로.

1
보려고 하면 보이는 문

오늘도 좋은 일이 오려나 봐

아침 해를 바라보며 손을 힘껏 흔듭니다.

"오늘도 좋은 일이 오려나 봐요."

왜 수많은 시간, 나에게 도착하는 행운을 열어보지 않았을까요? 어떻게 그 많은 시간, 설레지 않는 하루하루를 보낼 수 있었을까요?

나에게 주어진 똑같은 하루지만
단아의 개인전을 결심하기 전의 나의 일상과
단아의 개인전을 끝마친 나의 일상은 너무도 달라졌습니다.

단아는 여전히 낙서를 하듯이 서툴게 그림을 그립니다.
하지만 이제 한낱 아이의 낙서가 아니라 <DANA_a>의 작품으로 불립니다.

아이의 작품 하나하나에 의미를 부여하고 이름을 붙여주며,

그 이름을 가진 새로운 생명체가 타인의 삶에 풍요로움을 줄 수 있도록 사랑하고 아끼면서 축복해 줍니다.

단아는 다른 감각이 있어(일반적으로 장애라고 표현하지만) 이상한 표정으로 이상한 소리를 내지만 잉여인간은 아닙니다. 초등학생인 지금도 자신의 그림 도구 정도는 충분히 자신의 힘으로 살 수 있는 훌륭한 아티스트입니다. 시간이 지나면 지날수록 타인의 삶을 윤택하게 만들어주는 그런 존재로 성장해 나갈 것입니다.

엄마인 저도 함께 성장해 나갈 겁니다.
아이를 키우느라 늘 피곤에 절어 자기 자신조차 가꿀 수 없는 곤핍한 상황에 처해 있지만, 매일 꾸준히 기록해온 일기가 책으로 재탄생되고 있습니다. 어제는 한낱 나만의 일기였던 것이 내일은 당신의 삶에 도움이 되는 글이 될지도 모르겠습니다. 확신할 수 없는 미래지만 용기를 내어 소신 있는 한 걸음을 내디뎌봅니다.

지는 해를 바라보며 힘껏 손을 흔듭니다.

"오늘도 즐거웠어요."

뜨는 해를 보고 한껏 부풀어 하루를 시작했듯이
지는 해를 보며 하루의 감사를 잊지 않습니다.

오늘만 열어볼 수 있는 오늘의 행운을 나는 잘 열었는지 점검해 봅니다. 내가 받은 모든 것에 "불행"이라고 이름 붙이지 않고 "행운"이라고 불러줍니다.

저는 정말 운이 좋은 사람입니다.

< 1챕터를 닫으며, 단아 엄마 드림 >

리플릿 ; 다른 것은 틀린 것이 아닙니다. 감사한 일입니다.

見ようとすると見えるドア
보려고하면 보이는 문 30X40

73X138

1.好きI
좋아I 18X18

2.好きII
좋아II 18X18

3.I

4.II

49.III

5.波I
파도I 18X18

6.潜水
잠수 18X18

7.虹のはじまり
무지개의시작 20X20

8.Bigbang
빅뱅 20X20

9.深い水
깊은물 18X18

10.平安
평안 18X18

11.荒野を果てに
광야끝에서서 18X18

12.植物
식물 18X18

13.Sunset Sea
해질녘바다 18X18

14.滿往邊邊
더 완벽함을 위한
실수 20X20

15.癒し
위로 20X20

16.悲しいた場所に深く希望
마음깊에서 피어나는
희망

17.波II
파도II 18X18

18. Secret
쉿 비밀이야 18X18

19.お花畑
꽃밭 20X20

20.繊細に見えるとしたら愛おしい
사랑이가득 섬세하면
예뻐보인다 20X20

21. Try
시도 20X20

22.あなたは宇宙
너는 우주 20X20

23.深海
심해 18X18

24.ドラゴン
드래곤 18X18

25.夜空I
밤하늘I 18X18

26.夜空II
밤하늘II 18X18

27.感覚の違い
감각의 달라요 17.5X13

28.星の王子さまの星
어린왕자의 별 17.5X23.5

29.偏見を捨てて、お入りください
편견을 버리고 들어오세요 17.5X23.5

30.夏の思い出
여름의 기억 20X20

31.繊細
시선 20X20

32.流れる物の美しさ
흐르는 것들의 아름다움
20X20

33.表情
표정 20X20

34.HelloofMelon
안녕 멜론 20X20

35.モネの池
모네미연못 20X20

42.花のように咲き誇れ
꽃처럼 피어라 18X18

46.ムクゲが
咲きました
무궁화꽃이
피었습니다 18X18

47.あなたなら
できる
너라면 할 수
있어 18X18

散歩したい森
걸님고 싶은 숲 18X18

43.I

44.II

45.III

48.かけひき
밀당 29.5X39.5

幸せがやってくる
행운이온다 20X20

36. I

37.II

38.III

時間旅行
시간여행 CDsize

60.①~⑥

39.IV

40.V

41.VI

61.湧き上がる
솟아오르다 31.5X+1

別々、それでも一緒に
따로 또 같이 30X20

62.隠されたイス
숨겨진 의자 32X+0.5

50.I

51.II

52.III

春の訪れ
너에게도 봄 18X13

53.I

54.II

55.III

56.IV

57.BREATH
숨 18X13

58.急がないで
서두르지 말고 18X13

59.生命力
생명력 18X13

自己紹介

NAME : DANA (小5)　活動名: DANA_a

好きな食べ物 : アイスクリーム・辛ラーメン

好きな音楽: はたらくクルマ・K-POP(Medium Tempo)

後援案内
DANAちゃんの応援
よろしくお願いします。

SNS

JAPAN
三菱UFJ銀行
店番 : 216 (黒川)
022693　リョウダナ

KOREA
국민은행
936801-01-116564
료우다나 고현선

dana2na

イチューブ

ご挨拶

この度は、IRO IRO展にお越し頂き誠にありがとうございます。

最初は、娘(ダナ)の成長を名世界に生って他の方々に見て頂きたく軽い気持ちで準備を始めました。

ですが、準備をしてつれて多くの方々がご興味を示して下さったり、皆さんのご期待に応えるような素敵な展示会を準備しなくてはという思いに変わりました。

今回の展示会のテーマはIRO IROです。

ダナが作品名を作れる様、様々な「色」を使い、フルイドアートやペインティング・スタンプなど、色々なお絵かきに挑戦しながらで「IRO IRO」というテーマになりました。

色々な色や柄々な描法があるように、世の中にも色々な人が、それぞれの違ったストーリーを生きています。

その違いは間違いではなく、感動すべきことなのです。

昔が色々な色、それぞれの関係があることにより世の中も更に美しくなれるのです。

お互いの違いを理解し、受け入れた瞬間、私達の出会いは美しい作品になります。

ダナは自閉症スペクトラムの障がいを持っています。

今回の展示会は、娘が人と手だからと自憐するために作った機会ではありません。

ダナの活動名は「ダナ」という名前に小文字の0を追加して「DANA_a」と名付けました。ダナア(ロ ロ0)は韓国語で[全て行っている!]という意味です。

何もできないようなダナが作った作品を通して、皆様に元気と勇気を少しでも与えられるような機会になればと思っております。

これからもダナが世の中で良いエネルギーになれるよう応援して下さい。

今回の展示会の為に、ご協力して下さった多くの方々に感謝の意を申し上げます。

どうか楽しい時間をお過ごしください。ありがとうございます。

ダナの母より

리플릿에 게재된 엄마의 인사말

안녕하세요.
단아의 전시회에 와주셔서 감사합니다.

 처음에는 우리 가족과 함께 해주시는 분들에게 단아의 성장을 보여드리고 싶은 가벼운 마음으로 시작한 전시회였습니다.

 진행이 될수록 많은 분들이 깊은 관심을 보여주셔서 감사하기도 하고, 더 멋진 전시회 준비를 해야 할 것 같아 어깨가 무거워지기도 했습니다.

 이번 전시회의 주제는 'IRO IRO'입니다.
 단아가 작품을 만들 때 다양한 색을 사용하기 때문에 色(이로: 색깔)이고, 플루이드 아트(Fluid Art)나 단순한 페인팅(Painting) 및 찍기(Stamp), 긁기(Scraping)등 여러 방식의 그림에 도전했기에 色々(이로이로 : 여러 가지)입니다.

 다양한 색이나 다양한 그림의 방식처럼 세상에도 다양한 사람들이 각자의 사연을 가지고 살아가고 있습니다.

 그렇기에 다르다는 것은 틀린 것이 아니라 감사한 것입니다. 모두가 각자의 컬러, 각자의 질감이 있기에 세상도 더욱 아름다워질 수 있는 것이죠.

 서로의 다름을 이해하고 받아들이는 순간 우리의 만남은 아름다운 작품이 됩니다.

단아는 중도 자폐스펙트럼 장애를 가지고 있습니다. 그림에 대단한 소질이 있어 그림을 자랑하고자 만든 자리가 아닙니다.

엄마는 단아의 작가명을 단아라는 이름에 소문자a를 추가해 'DANA_a'로 지어줬습니다. 다나아는 한국어로 '다 나아라'는 뜻입니다.

오히려 아무것도 못 할 것 같은 단아가 만든 서툰 작품을 통해 여러분들이 위로와 용기를 받는 시간이 되기를 바랄 뿐입니다.

앞으로도 단아가 세상에서 기분 좋은 에너지가 될 수 있도록 많이 응원해주세요. 전시회 준비에 도움을 주신 많은 분들께도 감사의 인사를 전합니다.

부디 즐거운 시간 되세요. 감사드립니다.

오프닝 때 발표한 동생 인아의 인사말

여러분 안녕하세요. 단아 언니의 동생 류인아입니다.

여러분의 관심과 사랑으로 "IRO IRO" 전시회를 할 수 있게 되었습니다. 감사합니다.
단아 언니는 아직도 손으로 밥을 먹고, 화장실은 엄마와 함께 가지만 그림 그리는 것은 즐겁게 할 수 있습니다.

단아 언니보다 많은 것을 잘 할 수 있는 우리들도 가끔은, 아무것도 못 할 상황에 놓이게 됩니다. 하지만 많은 것을 혼자 할 수 없는 단아 언니도 용기를 내서 그림을 그렸으니 이 그림들을 보시는 여러분들의 마음이 조금 더 행복해지고, 용기를 얻는 시간이 되셨으면 좋겠습니다.

감사합니다.

朝日新聞 （夕刊）

最初の作品「TheBird／Melody」
＝父の根元さん提供

色も 人も いろいろ

柳瀬咲綾さん。手にしているのは、母の長賀朝さんが描いたすの絵の上に絵の具を重ねた作品「隠されたイス」＝名古屋市

自閉スペクトラム症の特性、小5が個展

汚れに「覚悟」

インスタ好評

62作品を展示

더 완벽함을 위한 실수

아크릴 20*20

아닌 줄 알았다.
아니라고 부정했다.
모두들 특별한 존재가 되기를 원하면서
자신만의 독특함을 깎아가며 살고 있었다.

모두가 똑같은 모양으로 나를 바라볼 때
나는 나를 부끄러워해야 하는 줄 알았다.
당신이 실수라고 여기는 그곳은
사실 가장 아름다운 부분이다.

버려지고 있는 시간이 아니라,
쌓이고 있는 시간이야!

첫 번째 챕터는 잘 읽고 오셨나요?

1챕터를 읽고 오셨어도 좋고, 바로 2챕터로 오셨다 하더라도 좋습니다.

1챕터는 최근 저희 가족이 단아 전시회를 준비했던 경험들과 제가 글을 쓰는 과정을 기록했습니다. 하지만 저의 삶에도 버려졌다고 생각한 아주 긴 암흑기가 있었습니다.

진짜 완전히 버려진 시간인 줄 알았습니다.

열심히 걸어 봐도, 열심히 뛰어 봐도 강한 용수철이 튕겨졌다 되돌아오듯 결국에는 출발 지점으로 다시 돌아와 있는 내 모습을 보면서 어느 날부터는 날기를 포기한 새가 되자고 하였으니까요.

하지만, 어느 순간에 깨닫게 되었습니다.

버려진 시간이 아니라 쌓여진 시간이었음을.

제자리 걸음인 줄 알았지만, 제자리를 걷고 있는 사이 저는 꽤 단단해져 있더군요.

뮤지션 장기하의 <상관없는 거 아닌가?>라는 산문집에서 본 글입니다.

서울에서 제대로 된 장비로 그 곡을 녹음해보니 음질이 사막에서 한 것과는 비교할 수 없이 좋았다. 그리고 무엇보다, 사막에서 신곡을 매일 부르다 보니 내가 그 노래들을 확연히 더 잘 하게 된 것이다. 재녹음을 다시 하지 않을 이유가 없었다. 결국 모든 곡을 다시 불렀고, 사막에서 녹음한 소리는 거의 아무것도 쓰지 않았다.

뮤지션 장기하는 '혼자'라는 콘셉트에 맞춰 음악을 녹음하기 위해 많은 비용과 수고를 들여 미국 캘리포니아의 '죠슈아 트리'라는 사막으로 떠났습니다. 사막에서 혼자 녹음한 음악은 음질이 좋지 않아 결국에는 사용할 수가 없었습니다. 사막에서 녹음한 노래를 못 쓰게 됐다는 것만 생각한다면 결국에는 제자리걸음, 말짱 도루묵이었지요. 하지만 뮤지션 장기하는 사막에서 노래 실력이 늘었다고 말했습니다. 사막에서의 시간이 버려진 시간이 아니라 쌓여진 시간이었음을 깨달았던 것이지요.

어쩌면 어디에선가 누군가는 과거에 제가 했던 생각을 하고 있을지도 모르겠습니다. '나의 모든 수고가 아무런 의미가 없다, 가치가 없다, 지친다, 이제 멈추고 싶다.'라고요. 진짜 해도 해도 안 될 때가 있습니다. 하지만 그 또한 되어가는 과정이라는 것을 이제는 조금은 알고 있습니다.

　제가 좋아하는 동화책 <실패 따위는 두렵지 않다!(しっぱ
いなんかこわくない！)>에는 "진짜 실패는 실패했을 때가
아니라 꿈을 포기하는 순간"이라는 내용이 있습니다. 사실 모
든 것을 성공으로 가는 여정으로 본다면 그렇게 서두를 필요
도, 두려울 필요도 없는데 그런 마음가짐을 갖는 것이 쉬운 일
은 아닙니다.

　저는 이제 '성공'이라는 단어보다 '성장'이라는 단어를 더 좋
아하게 되었습니다. '성공'이라는 단어는 '마침표' 같은 느낌이
들지만, '성장'이라는 단어는 '쉼표' 같은 느낌이 들기 때문이
죠. 저는 성공이라는 마침표에 도달하기 위해 무작정 뛰고 싶
지는 않습니다. 하루하루의 성장에 감사하고, 그 성장이 성숙
이 되기를 바라면서 죽음 앞에서 가장 아름다운 사람이 되어
마침표를 찍고 싶습니다.

　이번 챕터는 좌절했던 수많은 날들의 기록입니다. 죽지 못
해서 살아야만 했던 시간들, 견뎌야만 했던 시간들, 그렇기 때
문에 버려지고 있다고 오해했던 시간들. 하지만 곰곰이 들여
다보면 나다워지기 위해 채워지고 있었던 시간들이었습니다.
그 시간들로 독자분들을 초대하고 싶습니다.

　당신이 지금 많이 힘들고 아프다면, 그런 시간을 걷고 있는
중이라면 제 글에서 용기와 위로를 받으셨으면 좋겠습니다.
아픈 사람을 알아보는 것은 더 아픈 사람이라잖아요. 제가 충

분히 아프고 있으니, 당신의 아픔도 알아볼 수 있습니다.

< 2챕터를 열며, 단아 엄마 드림 >

단아는 하늘이 주신 선물
(2009~2021년, 과거 일기)

2009년 12월 15일 (임신 7주 2일)
"쌓아~ 있네!"

옆에서 자기 입으로 몇 번이고 자기 자신을 칭찬하는 남편을 보자니 어이가 없기도 하고, 웃기기도 하고, 이제 저 말 좀 그만했으면 싶기도 하다.

나는 3주 전, 임신했다고 고백하는 아내 앞에서 2초간 흔들렸던 당신의 눈빛을 봤단 말이지. '그때를 만회하려고 자꾸 이렇게 흥분하면서 좋아하는 거니?'라고 묻고 싶지만, 지금의 당신이 진심이라는 것을 알기에 마냥 귀엽다.

아이가 생겼다는 걸 알게 된 건 한국에 갔다 온 뒤, 두 달 만이었다. 한국에 있을 때 어머님이 단둘이 산책을 하자고 하셨는데 그때 어머님이 손주를 은근히 바라고 있다는 것을 알 수 있었다.

어머님이 결혼 5년 만에 힘들게 낳은 금쪽같은 아들이 바로 내 남편이라는 것을 연애할 때부터 익히 들어 알고 있었다. 그러니 이해 못 할 일도 아니었다. 다만, 남편은 아직 대학생이었고, 나는 나의 모든 경력을 포기한 채 일본으로 온 것이었기에 모든 것이 리셋된 상태였다.

모든 것이 불투명했지만 어머님의 기대에 부응하고 싶은 마음에 아이를 갖기로 결정했다. 다행히 단번에 아이가 생겼으니 남편은 스스로 대견했나 보다.

이틀 전에 혈이 잠깐 보여서 걱정이 되어 오늘 병원을 찾았다.

쿵쾅 쿵쾅~ 쿵쾅 쿵쾅~ 아기의 심장이 뛴다!

다행히 건강한 아기의 모습을 보게 되어 마음이 놓였다.
눈물이 나오는 걸 겨우 참았다가 결국 집에 오는 차 안에서 엉엉 울었다. 너무 기쁘고 감격스럽다.

2010년 5월 11일

창복아 엄마야. 엄만 하루에도 몇 번씩 너랑 이야기하고 있단다. 오늘은 네가 생긴 지 딱 8개월 째 되는 날이란다. 이제는 두 달만 더 기다리면 엄마랑 아빠 그리고 할아버지, 할머니, 이모, 삼촌, 모두 볼 수 있어.

엄만 맨 처음에 네가 아들인 줄 알았는데 의사 선생님이 딸이래. 넌 역시 복을 타고 태어났나 봐!! 만약 네가 아들이라면 물려받을 옷이 없는데 딸이라서 이제는 예쁜 옷만 입고 다니겠구나. 이모가 쇼핑을 좋아해서 너보다 1년 먼저 태어난 사촌 언니 옷을 많이 많이 샀거든. (웃음) 우리 창복이 엄마가 항상 예쁜 옷만 입혀줄게!!

아참, 그리고 너의 이름을 지었단다.

"류단아"

엄마가 생각하고 있던 이름이었는데 아빠가 그 이름이 마음에 든다며 어제 밤에 결정해버렸어. 너는 마음에 드니? 단정하고 예쁜 아이! 류단아! 엄만 네가 이 이름처럼 단정하고 예쁜 아이가 되어 주면 참 좋겠어.

오늘 아침 외할머니께서 루비는 어떠냐고 물었는데 그 이름도 예쁘지만 성을 붙이면 '류루비'라서 발음이 너무 어려울 것 같아. 오늘 저녁에 아빠 오시면 한번 상의해 보자. 사실, 엄마는 '창복'이라는 이름이 제일 좋아. (웃음)

사랑한다. 류창복!!

2010년 7월 29일 (예정일 4일 전)

사랑하는 단아야. 엄만 우리 단아를 낳기 위해 6월 12일에 한국으로 왔단다. 아빠랑 떨어져 있어야 해서 슬프지만 우리 단아를 만나는 기쁨이 더 크단다. 엄마 배가 다른 사람들 배보다 훨씬 커서 주변에서 자꾸 언제 아이를 낳느냐고 물어본단다. 실은 엄마도 너무 덥고, 몸도 무겁고 힘들지만, 우리 단아를 만들어 주신 하나님께 너무 감사하고 하루하루가 기쁘고 행복하단다.

엄마는 단아를 위해 예배 태교를 했어. 예배 태교라는 말은 어디에도 없지만, 단아를 위해 매일 예배드리고 감사드리는 특별한 태교를 하고 있으니 우리 단아도 분명 특별한 아이가

오늘도 좋은 일이 오려나 봐

92

될 거라 의심치 않는다.

엄마 몸이 여자의 몸이 아닌 엄마의 몸으로 변했어. 엄마도 우리 단아 맞이할 준비 잘 하고 있을 테니 우리 빨리 만나자.

우리 예쁜 단아야.
너무 너무 사랑한다.

2010년 8월 2일 (예정일 새벽)
단아야 안녕! 엄마야~
뱃속에서 잘 있지? 오늘 단아 만나는 예정일이라서 그런지 잠이 통 안 온다. 엄만 오늘 꼭 만나고 싶은데 단아는 엄마 만나줄 거니?

요즘은 날씨가 너무 너무 덥단다. 이런 날씨를 '삼복더위'라고 해. 오늘은 많은 사람들이 이 더위를 피하기 위해서 산으로, 바다로 여행을 떠나는 날이란다. 물론 엄마도 놀러 가고 싶지만 올 여름은 엄마 인생에 가장 큰 선물을 받을 예정이기 때문에 조금은 고생스러워도 행복해. (웃음)

지금 밖에는 비가 내리고 있어. 소리가 너무 시원하다. 휴가를 가지 못하는 엄마를 위해 하나님이 위로해 주시는 소리 같아. 단아가 이 세상에 나올 준비를 하면 엄마가 널 찬양으로 맞이해 줄게! 사랑하고 기대한다.

2010년 8월 17일 (단아 태어난 지 일주일)

예쁜 우리 단아! 새근새근 잠도 잘 잔다.

넌 8월 10일 화요일 낮 1시 45분에 태어났단다.

아빠가 널 보려고 일본에서 6일에 왔는데, 네가 통 나오려고 하지 않아서 9일부터 유도 분만을 했단다. 하지만 유도 분만이 잘 되지 않았고, 아빠가 일본으로 다시 돌아가야 해서 어쩔 수 없이 수술을 했어.

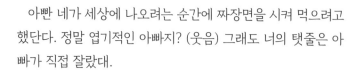

아빠 네가 세상에 나오려는 순간에 짜장면을 시켜 먹으려고 했단다. 정말 엽기적인 아빠지? (웃음) 그래도 너의 탯줄은 아빠가 직접 잘랐대.

수술할 때는 너무 무섭고 깨어날 때도 너무 아팠지만, 널 만난 기쁨에 고통도 인내가 되더구나. 네가 태어났을 때 3.92kg으로 나왔는데, 일주일 입원 기간 동안 너만큼 큰 아이는 태어나지 않았어. (웃음) 태어났을 때 피부가 뽀얘서 사람들이 다 놀랐어. 그뿐만 아니라 머리숱도 어찌나 많고, 발은 또 어찌나 크던지 사람들이 100일은 된 아이 같다고 그러더라.

일주일이 지난 지금은 황달 때문에 얼굴이 약간 노랗고 부기도 빠져서 처음보다는 오히려 약간 작아진 듯 보여. 우리 단아가 너무 순해서 병원 선생님들한테도 인기 짱이었어. 잘 먹고, 잘 싸고, 잘 자서 너무 예쁘다. 엄마도 열심히 먹어서 우리 단아 젖 열심히 먹여줄 테니 건강하게 자라렴.

단아야, 오늘도 내일도 언제나 사랑한다.

2011년 9월 5일 (생후 13개월)

사랑하는 딸 단아야.

너에게 쓰는 얼마만의 편지인지……. 미안하게도 일 년이라는 시간이 흘렀구나. 항상 너에게 편지를 써야지, 써야지 하면서도 행동으로 옮기지 못했던 게으른 엄마를 용서해다오.

지금 너는 침대 위에서 콜콜 잘도 자고 있구나. 이쁜 것!!
너무 너무 사랑스럽단다.

엄마 뱃속에는 벌써 너의 동생이 있단다. 아직 네가 너무 어려서 잘 모르겠지만, 네가 크면 엄마, 아빠가 너에게 얼마나 큰 선물을 주었는지 알게 될 거야.

우리 단아가 엄마 젖을 너무 좋아하지만, 너를 위해서도 동생을 위해서도 이제는 그만 먹어야 될 때가 됐어. 네가 찌찌를 먹을 때마다 엄마는 얼마나 아픈지 몰라. (울음) 이제 그만 먹어다오.

사랑하는 단아야.
엄마의 또 한 가지 소원이 있다면 네가 걷는 거야. 네가 워낙 다리 힘이 좋아서 너무 빨리 걸을까 오히려 걱정했는데 돌이 지나도 걷지 않아서 이젠 좀 걸어 다녔으면 한단다. 엄마 맘 알지?

항상 잘해 주려고 노력하는데 더 잘해주지 못하는 엄마 마음이 안타까울 뿐이야.

2
더 완벽함을 위한 실수

얼마 전 둘째 아이를 낳으러 한국에 들어왔다. 시댁에는 친정 언니들과 데이트를 하고 오겠다며 본의 아니게 거짓말을 했다. 사실은 큰 언니, 셋째 언니와 함께 단아를 데리고 소아정신과를 찾았다.

나도 모르는 것은 아니었지만 언니들의 부추김도 컸다. 언니들의 눈에도 단아는 확연히 달랐다. 하지만 시어른들의 눈에는 그저 며느리의 노파심이었다. 멀쩡한 아이를 이상한 아이로 만든다고 할까 봐, 혹시라도 그런 대화 때문에 내 마음에 큰 상처가 남을까 봐, 내 상처가 원망으로 번질까 봐, 거짓말로 원천봉쇄를 했는지도 모른다. 아이가 조금 다르다고 느낀 것은 생후 9개월 때부터였다.

의사 선생님에게 아이와 눈을 맞추는 것이 어렵고, 불러도 반응이 없고, 인지가 개월 수에 비해 늦는 것 같다고 말했다. 의사 선생님은 아이를 놓고 엄마 혼자 문밖으로 나가 보라고 했다. 아이는 나를 신경조차 쓰지 않은 채, 의사 선생님의 책상 위로 올라가는 데만 집중하고 있었다.

내가 사회복지사가 아니었다면, 게다가 발달장애 팀 전담이 아니었다면 나 역시도 언니들의 솔직한 코멘트에 화를 냈을지 모르겠다. 하지만 아이의 장애를 받아들이지 못해서 중요한 시기를 놓치고 고민만 하다가 괴로워하는 엄마들을 많이 봐왔기에, 나는 받아들일 마음의 준비를 했다. 그럼에도 불구하고 아이가 크면 클수록 마음이 아팠다. 더 많이 알고 있었기 때문에 더 많이 아팠다.

직면은 항상 괴롭다.
언니들이 나를 위해 맛있는 것도 사주고, 시댁으로 다시 데려다줄 때는 시부모님의 선물까지 사다 주었지만, 마음은 전혀 즐겁지가 않았다.

2012년 5월 25일
검사 결과지를 받았다.

검사 과제 수행에서 환아는 대부분의 과제도구 및 놀이감에 관심을 보이지 않았고 의도가 부족한 듯 과제를 수행하려는 듯하다가도 쉽게 포기하는 경우가 많았다. (생략) 환아는 발달을 촉진시키기 위한 주 1~2회의 언어 및 놀이치료와 함께 가정에서도 일관적으로 적절한 자극을 제공할 수 있도록 부모 교육이 필요할 것으로 보인다.

결과지에는 인지척도 11개월에, 동작척도가 18개월로 쓰여 있었다.

의사 선생님은 잘하면 장애가 안될 수 있다고 했지만, 난 그 말이 묘하게 기분이 나빴다. 그 말에 기분이 나빴다는 것은 이미 발달장애 아동의 부모로서의 공식적인 삶이 시작됐다는 의미이기도 했다. 병원에서 아이의 놀이치료를 제안했지만 난 일본으로 돌아가야 한다는 말밖에 할 말이 없었다.

의사 선생님의 잘못이 아닌 걸 알면서도 도대체 '엄마가 아이를 치료실에 데리고 다니면서 노력하면 장애가 안될 수 있다'는 거지 같은 말은 뭐냐며 혼잣말로 치- 치- 거리며 구시렁거렸다. 나의 마음을 어디에다가 호소해야 할지 모르겠다. 호소하면 호소할수록 모두들 나를 떠날 거라는 생각에 두려워졌다.

2012년 7월 어느 날

언니가 챙겨준 손잡이 달린 어린이 자동차를 비행기에 실어서 일본으로 돌아왔다. 둘째 인아는 뒤로 업거나 앞으로 안고 첫째 단아는 자동차에 태워서 밀고 다닌다.

몇 달 전, 시댁에서 아이를 업고 끌고 하는 모습을 연습하고 있으니 어머님, 아버님, 할머님이 배꼽을 잡고 웃으셔서 그때는 나도 "웃기죠?" 하며 따라 웃었는데 현실은 전혀 웃기지 않다.

단아는 신생아 때부터 새벽 4시에 잠이 들어 오전 11시에 일어난다. 반면, 인아는 밤 10시에 잠들기 시작해서 아침 6시에 일어난다. 두 녀석 수면 패턴이 전혀 달라 진짜 어느 날에는 1초 차이를 두고 어느 녀석은 잠이 들고, 어느 녀석은 잠에서 깨어난다. 이 녀석들이 무슨 초능력이 있는 것도 아니고 정말 미치고 팔짝 뛰겠다. 이런 상황이 한두 번이 아니다. 혼자 두 아이를 보려니 너무 힘들다. 한국이면 도와줄 사람도 많을 텐데 여기서는 말도 잘 안 통하고, 언어도 문화도 달라서 한 걸음 한 걸음이 벅차다.

일본에 돌아오자마자 단아 발달검사를 신청해 놓았다. 한국은 돈이 드는 대신 곧바로 검사가 가능하지만, 일본은 무료인 대신 검사를 받기까지 거의 1년을 기다려야 하는 상황이다.

2013년 3월 13일

날씨가 우중충해서 기분이 나빠야 하는데 애들이 동시에 잠이 들어 세상을 다 얻은 것처럼 기쁘다. 방은 폭탄을 맞아서 청소를 해야 하지만 그래도 너무 좋다.

2013년 12월 18일

아침 시간이 지날쯤이면 혼이 다 빠져나갈 것 같다. 모든 엄마들은 다 그러겠지? 그런 거 맞는 거지?

2015년 어느 하루

단아는 어린이집을 다니면서 격주에 한 번씩 장애 아동 그룹 활동에 참여한다. 또 격주에 한 번씩 인지치료와 음악치료도 병행하고 있다.

어린이집이 집과 거리가 있다 보니 어린이집만 왔다갔다 해도 기본 3시간은 운전을 한다. 이런 삶이 현대 엄마의 삶이라는 것을 체감한다. 다만, 다른 엄마들과 차이점이 있다. 비장애 아이들은 사회의 멋진 구성원이 되기 위해 노력한다면, 내 아이는 사회에 민폐를 조금이라도 덜 끼치기 위해서랄까. 뭔가 매우 쓸쓸하고, 불안하고, 우울하고, 가망이 없어 보이는 미래를 현실로 가져와 미리 살고 있는 느낌을 지울 수 없다.

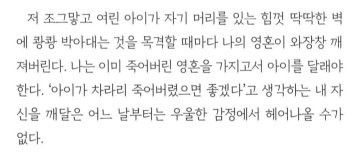

2015년 어느 날

단아는 달래지지 않았다.

5분만 들어도 미칠 것 같은 아이의 울음소리를 난 이미 몇 시간 째 받아내느라 만신창이가 되었다. 아이 우는 소리를 오늘만 들은 게 아니다. 어제도 들었고, 그제도 들었다. 그냥 그런 날들의 되돌이표. 견딜 수가 없는 것은 이런 일상을 내일도 살아야 하고, 모레도 살아야 한다는 사실이다.

저 조그맣고 여린 아이가 자기 머리를 있는 힘껏 딱딱한 벽에 쾅쾅 박아대는 것을 목격할 때마다 나의 영혼이 와장창 깨져버린다. 나는 이미 죽어버린 영혼을 가지고서 아이를 달래야 한다. '아이가 차라리 죽어버렸으면 좋겠다'고 생각하는 내 자신을 깨달은 어느 날부터는 우울한 감정에서 헤어나올 수가 없다.

아이가 우는 것처럼, 아이의 동생은 끝없이 불평을 토해내고 있었다. "엄마, 아빠는 언니만 사랑해."라는 말로 시작해서 결국 모든 시선을 자신에게 다시 끌어오기 위해 울음을 선택해야 하는 인아.

우는 아이를 달래려고 하기보다는 식겁한 마음에 "너까지 울어버리면 어떡하냐"며 둘째를 나무라자, 세상에서 동생 울음소리가 가장 싫은 단아는 이제 정신줄을 놓고 울어버린다. 너무나 어린 인아는 세상의 모든 상처를 끌어안은 채 위로도 못 받는 악당이 되어버렸고, 엄마도 아빠도 너무 지쳐버린 새벽 1시, 새벽 2시, 새벽 2시 반.

시간이 흐르다가 결국 오늘은 터졌다.

포문을 연 것은 아빠의 한 마디 "그냥 다 죽자. 죽어! 이렇게 살아서 뭐하냐? 나도 이제 더 이상은 못하겠다." 그 포문을 닫지 못한 엄마도 "그래. 죽자. 지금 당장 여기서 뛰어내려서 다 죽어버리자." 라며 베란다 문을 열었다.

이미 감정과 체력은 진짜 죽기 일보 직전이었다. 서로 수줍은 표정으로 사랑한다며 고백하던 날들이 엊그제인데, 남편과 나는 그날들을 지나온 사람들처럼 보이지 않았다. 끝내고 싶었고 진짜 오늘은 끝낼 수 있을 것 같았다.

그 순간 내 발목을 잡은 건 인아였다.

"난 죽기 싫어. 엄마, 아빠, 난 죽기 싫어. 내가 잘못했어. 내가 다음부터는 절대 안 울게. 나는 안 죽을래. 나는 더 살고 싶어요."

그날, 우리 가족은 내 발목을 꽉 잡고 놓아주지 않는 인아 덕분에 살았다.

폭풍이 지나가고 아침이 되었다. 남편은 회사에 출근했다. 나 또한 무거운 몸을 이끌고 늦은 아침 아이들을 어린이집으로 보냈다. 여느 날처럼 말이다. 인아는 어린이집으로 이동하는 동안 내내 나의 눈치를 보았다.

아이들을 어린이집으로 데려다주고 집으로 돌아오는 차 안에서 발달장애를 키우는 한 가족이 집단 자살을 했다는 뉴스를 들었다. 달리는 차 안에서 엉엉 소리를 내며 울었다. 어쩌면 그날 타인이 들어야 했던 우리 가족의 소식일 수도 있었다.

2016년 8월 19일

저 사람은 알고 있을까?

쫑알거리는 아이를 데리고 다니는 저 엄마는 자신이 얼마나 기적 같은 하루를 살고 있는지 알고 있을까?

단아가 보통의 아이들처럼 클 수 있다면 나는 목숨이라도 내어 줄 수 있는데……. 우리 딸은 말을 못하는데…….

2017년 10월 16일

네모를 낳았다.

오른쪽 뒷바퀴에 네모를 달았다.

열심히 달리던 앞바퀴 두 개와

속도라고는 내보지 못한 왼쪽 뒷바퀴는

빨리 굴러가고 싶다.

아니, 빨리 굴러가야 할 것 같다.

결승점이 없는 경주는 계속되고 있었다.

하지만 네모난 뒷바퀴 때문에

좀처럼 앞으로 나아갈 수가 없다.

모두가 씽씽 지나가고 차 한 대만 멈춰 서 있다.

앞바퀴는 너무나도 앞으로 나아가고 싶어

오늘도 좋은 일이 오려나 봐

구르지 못하는 네모가 원망스럽다.
한 바퀴 구르기가 고통스러워
차라리 빼버리고 싶을 때가 많다.

단 한 바퀴를 구르기 위해
세 개의 동그라미들은 안간힘을 써야 했고
하나의 네모는 아파서 밤새 울었다.
지나가는 차들은 곧 구를 수 있을 거라며
응원을 해주었지만
단 한 대도 멈추지 않았다.
다만 응원을 해주며 씽씽 달려갔다.

동그라미는 생각한다.
멈춰 있는 것도 나쁘지 않다.
이곳에서 빗소리를 듣고
꽃이 피는 것을 관찰하고
손가락을 펴 바람의 길을 만들어 주는 것

달리지 않아도 행복하다는 것을 깨닫는다.
지나가는 차들은 언제나 있으니
동그라미 셋과 네모 하나는
손을 흔들며 응원을 보낸다.
네모에 꽃씨를 뿌리고 바라본다.
네모에게서 자란 꽃이
향기를 피워낸다.

2017년 12월 31일

아이는 노래를 부른다.

잠이 오지만 잠을 잘 수가 없는지 한동안 울다가, 코가 막혀서 또 울다가, 지친 마음을 가라앉히며 노래를 부른다. <할아버지의 낡은 시계>를 일본어로 부른다. 참 잘 부른다. 뜻은 알고 부르는지 모르겠지만 그 긴 가사를 다 외워 부르고 있다. 말도 못하는 발달장애 아이는 오늘 웬일인지 자기보다 더 지쳐있는 엄마 귓가에 대고 또박또박 노래를 부른다.

'이제 그만 끝났으면 좋겠다'는 엄마의 하루 앞에서 일 년의 모든 힘겨웠던 일을 잠시 잊으라는 듯이 엄마를 위로하고 스르륵 잠이 든다.

2017년도 한 해 동안 가장 행복한 순간이 언제냐고 묻는다면 12월 30일 잠이 드는 이 순간이라고 말할 것이다.

2018년 5월 30일

내가 아이를 양육하면서 심하게 당혹스러웠던 순간은, 아이는 내가 생각한 것보다 훨씬 더 많은 것을 나를 통해 배우고 있다는 사실이었다.

2018년 5월 27일

아이는 운동회 때 선생님과 함께 달린다.

나도 지금까지 달릴 수 있었던 건, 항상 누군가가 함께 해주었기 때문이라는 것을 안다.

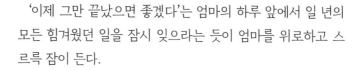

오늘도 좋은 일이 오려나 봐

2018년 6월 13일
다른 사람이라면 한 번에 되는 일이 단아에게는 몇 년이 걸릴 때도 있다. 가령 주차장을 걷는 일이라든지······.
하지만 누구나 하나쯤 그런 경험이 있지 않을까?

2018년 6월 20일
기적은 사소한 것에 있을지도 모른다.
예를 들면, 수업 중에 돌아다니지 않을 수 있다는 것.
나는 기적이 일어났다며 단아에게 뽀뽀해 주었다.

2018년 6월 21일
아이는 나를 믿는다.
그러니 나도 아이를 믿을 것이다.

2018년 7월 2일
잘하는 것도 꾸준함을 넘어설 수는 없다.
느려도 앞으로 나아가고 있다는 느낌이 중요해!

2018년 7월 9일
단아의 오카리나 연주는 능숙하지 않다. 서툴다.
난 아이의 서툰 오카리나 연주에서 늘 감동을 받는다.

2018년 10월 21일
단아, 넌 정말 쓴 약 같아서 그래도 된다면 뱉어버리고 싶을 때도 있다. 하지만 너로 인해 난 강하고 튼튼해졌다.

2018년 10월 22일

단아 언니 때문에 늘 2순위로 밀리는 우리 인아는 오늘 하루 땡땡이! 엄마, 아빠와 셋이서 여행을 간다. 답답한 책상 대신 넓은 호수를 무릎에 놓으며 아이는 생각할 것이다.

'엄마, 아빠는 언니만 사랑하는 게 아니다!'

2018년 11월 27일

기적은 사소한 것에서 일어나는 것이 아닐까? 단아 너랑 나랑 마주보고 웃을 수 있다면 매 순간이 기적이다. 오늘 넌 무대에서 소리를 지르거나 머리를 박거나 하지도 않고 세상에서 가장 용감하게 노래를 불렀다. 너의 작은 목소리에서 난 너의 용기를 느꼈다. 사랑한다!! 우리 딸!

2018년 12월 14일

아이는 밤새 잠을 자지 않았다.
엄마도 밤새 잠을 자지 못했다.
무거운 밤을 참 잘 견뎠다.
잘 견뎠다.

2018년 12월 21일

단아가 샤워 후 난데없이 아빠의 커다란 바지를 입고 나가겠다고 떼를 썼다. 말릴 수 없는 지경에 이르러 아빠 바지 위에 단아의 바지를 덧입혀 슈퍼에 갔다 왔다.

슈퍼 앞에서 떼를 쓰며 계속 울어대는 아이와 쩔쩔매는 엄

오늘도 좋은 일이 오려나 봐

마가 보였다. 장을 다 보고 나올 때 까지 계속 그러고 있었다.
속으로 응원했다.

"힘내세요!!"

2019년 1월 3일
꼭 장애라는 단어를 써야 한다면 본래 제 기능을 못한다는
뜻의 '障礙(막을 장, 꺼리길 애)'가 아니라 오래도록 사랑하고
싶은 사람이라는 뜻의 '長愛(길 장, 사랑 애)'였음 좋겠어!!

넌 너대로 완벽하니까~

2019년 1월 11일
<예쁜 아기 곰>을 부르고 있는 단아.
생각하지도 못한 지점에서 가끔씩 이렇게 감동을 준다!
우리가 당연하다고 느끼는 것들 중 당연하지 않은 것들이
얼마나 많은가!

걸을 수 있는 것도, 말할 수 있는 것도, 심지어 변기에 앉아
볼일을 볼 수 있는 것조차 당연한 것이 아니다. 난 단아가 일
반 아이들처럼 일상생활이 가능하다면 목숨이 단 1도 아깝지
않다.

단아가 나에게 준 선물이 있다면 바로 이 생각.

"세상에 당연한 것은 아무것도 없다"

2019년 1월 12일

너를 알고 싶었지만 나를 알게 되는 것!

그게 사랑이라면 '나를 알라'고 신은 나에게 단아 너를 보내신 것 같다.

2019년 1월 24일

동생이 언니를 앞지른 지 오래다.

이제는 언니보다도 더 큰 사이즈의 옷을 입기 시작하고 가끔은 엄마인 나조차도 토닥거려주는 속 깊은 우리 둘째 딸! 어제는 둘째 아이가 처음으로 자신의 실내화를 빨았다. 감격이 두 배로 몰려온다.

오늘도 좋은 일이 오려나 봐

가끔은 이런 생각을 한다.

나도 늙고 단아 언니도 점점 크면 우리 인아가 커서 얼마나 부담스러워질까. 친척도 없는 외국에서 홀로 얼마나 외로운 시간을 보낼까. 그런 생각이 스물스물 심장을 타고 올라오면 몸을 부르르 털어버린다.

강해지자!! 힘 있을 때 우리 단아 열심히 가르쳐서 독립시키고, 나도 끝까지 멋진 노후를 준비하자. 그러니 지금 이런 생각하고 있을 때가 아니다. 우리 인아에게 짐이 되지 말고 힘이 되는 엄마가 되기 위해 경제적인 여유도, 사회적인 지위도 갖추고 싶다. 무엇보다 일상을 행복하게 살아가는 모습을 보여주는 엄마로 살고 싶다.

2019년 1월 27일

단아는 1분도 앉아 있지 못하는 아이다.

붙잡으러 다니는 게 일이다. 아직도 내 업무 중 하나다. 하지만 언제부터인가 개인학습 시간만큼은 잘 앉아 있게 되었다. 좋아하는 것 앞에서는 50분도 거뜬히 앉아 있는 게 신기하고 감사할 따름이다.

좋아하는 시간에는 단아도 집중한다. 그러니 아이가 집중하지 못한다고 한숨 쉬지 말자! 내 아이, 집중을 못하는 게 아니라 재미가 없는 거다.

2019년 2월 1일

자신의 귓밥 냄새를 맡는 아이!

너의 귓밥은 무슨 냄새일까? 세상에 참 많은 냄새가 있을 텐데……. 난 모르고 넌 아는 그런 냄새나 향기가 많겠다는 생각이 들어. 엄마에겐 어떤 냄새들이 나니? 너를 위해서라도 향기 나는 사람이 되어야겠어. 많은 사람들이 엄마의 향기를 맡고 위로를 받고 또 용기를 냈으면 좋겠다. 엄만 그런 사람이 되고 싶다.

2019년 2월 3일

나무야 나무야 겨울나무야.

단아가 꼬옥 안아줄게!

아이가 갑자기 큰 나무를 보듬어 준다.

가끔은 말없이 안아주는 것만으로도 얼마나 큰 힘이 되는가!

때론 나도 품이 필요해.

아니, 요즘은 부쩍 많이 필요해.

이 나이에도 품이 필요해.

이 세상에는 품어줘야 할 것이 얼마나 많은가!

2019년 2월 25일

아이가 폴짝폴짝 뛰어다니면 빠른 음악을, 아이가 천천히 걸어다니면 느린 음악을, 아이가 큰 소리로 노래를 부르면 큰 소리로 같이, 아이가 작은 소리로 노래를 부르면 작은 소리로 같이.

한 달에 겨우 두 번 30분씩이지만 아이의 음악치료를 몇 년 간 해오면서 아이가 왜 좋아할 수밖에 없는지, 왜 이 시간을 통해 성장할 수밖에 없는지 느낀다.

"틀렸어" "안 돼"라는 말은 단 한 번도 없었다.

받아주는 따뜻한 느낌과 응원해주는 강력한 표현 그리고 박수와 칭찬!

그건 유독 장애 아이에게만 필요한 것이 아니다.

우리에게 필요한 건 지적이 아니라 사랑이다.

2019년 3월 1일

아침 7시 50분.

일본 초등학생들은 등교를 하기 위해 학교에서 정해준 분단 (그룹)으로 모여서 이동한다. 우리 집 맨션 1층에서도 30명이 조금 넘는 아이들이 총 4개의 분단으로 이루어 차례차례 줄지어 학교로 걸어간다.

1학년 동생은 분단으로, 2학년 언니는 엄마 차를 타고 아침을 시작한다. 하지만 오늘은 동생의 강력한 의지로 언니도 분단에 합류했다. 동생은 방방 뛰는 언니의 손을 꼭 쥐어 잡고, 엄마는 아이가 차로 뛰어들지는 않을까 조마조마하며 분단의 꼬리 뒤에서 시선을 놓치지 않는다. 언니를 놓칠까 손을 잡아끄는 둘째 아이의 뒷모습이 안쓰럽다. 붉어진 코끝이 마스크 안에 감춰져 있어서 참 다행이다 싶다.

단아가 분단에 속해 학교로 걸어가는 건 상상도 못했던 일인데 두 녀석 참 많이 컸다.

2019년 3월 12일
"단아는 하나님이 주신"이라고 엄마가 선창하면 단아는 "선물"이라고 말한다. 이 구호에는 약간의 음률도 있다.

아이가 너무 짐처럼 무겁게 느껴지는 어느 날부터 나는 아이를 보며 단아는 하나님이 주신 선물이라고 고백했다. 그 말은 내 마음에 안정제가 되어주었다. 처음엔 안정제였지만, 어느 순간부터는 치료제가 되어주었다.

아이는 정말로 하나님이 주신 선물이 되었다. 아이가 너무 힘들고 짐처럼 느껴진다면 이 구호를 추천한다. 그럼 그 아이도 단아처럼 신의 축복의 통로가 되어 줄 것이다.

2019년 3월 15일

'나는 특수한 상황에 처해있다'라고 생각하는 순간 비극은 시작된다고 한다. 이 글귀를 읽을 때 뜨끔했다. 나도 그렇게 생각하고 있었기 때문이다.

다른 사람들보다 힘든 상황에 처해 있다고 생각했고, 늘 다른 사람들보다 더 힘들다고 생각했다. 그래서 내 마음은 늘 다른 사람들보다 불행했다. 그런데 참으로 웃긴 것이, 주위를 둘러보면 다들 그렇게 살고 있다. 뭔가 말 못 할 사연 하나씩을 옆구리에 끼고.

그러니 나도
당신도
더 불행한 사람은 아니지 않을까?

2019년 3월 17일

아주 오래 전 몽골고원에서 별을 본 적이 있다.
빈 공간이 없을 정도로 꽉 차있는 하늘의 별을 보며, 내가 보는 하늘은 그냥 하늘이 아니라 우주라는 것을 처음 알게 되었다.

250만 년 전과 현재가 공존하는 어마 무시한 사실을 바라보며 1분 1초가 전쟁 같은 미시의 내 삶도 거시의 우주적 관점으로 보면 정말 아무것도 아니고, 또 한편으론 저 무수한 별들처럼 수많은 세포들이 나를 이루고 있다 생각하면 '나는 또 얼마나 우주적인 존재인가'라고도 느껴진다.

오늘도 좋은 일이 오려나 봐

112

난 정말 아무것도 아니다.
하지만 난 정말 아무것도 아닌 사람이 아니다.

2019년 3월 19일
나는 비장애 아동과 장애 아동이 함께하는, 즉 통합교육을 지향한다. 왜냐하면 내 아이의 교육이 아니라 내 아이가 살아갈 세상을 교육해야 하기 때문이다.

진짜 배워야 하는 사람은 발달장애를 가진 우리 딸이 아니다. 우리 딸을 둘러싼 사회가, 사람들이 장애를 이해하고 장애에 대한 지식을 갖출 수 있도록 도와주어야 한다고 생각한다.

2019년 3월 21일
입학한 지 엊그제 같은데 단아는 벌써 초등학교 3학년이다.
아이도 나도 서로의 손을 놓아야 하는 순간이 분명히 올 것이다. 스무 살이 되어 학교가 보호해주는 시기가 지나면 어떻게 해야 하나?

좀 멀리 보게 되고 좀 빨리 보게 된다.
독립을 생각하고 있지만 지금 같아서는 어림없는 소리.
매일매일 상상하고 준비한다.
졸업 이후의 일상.

아이가 행복해하는 하루로 채워주고 싶다.
공부도 공부지만 취미를 만들어 주는 게 더 중요할 것 같다.

2
더 완벽함을 위한 실수

　단아는 "멈추시오"라는 글자를 보면 꼭 자기 손가락으로 글자를 따라 써보곤 한다. 인생을 살다 보니 나아가지 못해서가 아니라 멈춰서지 못해서 생기는 문제들이 의외로 많다.

　말을 못 해서가 아니라 너무 많이 해서.
　일찍 못 일어나서가 아니라 너무 늦게 자서.
　물건을 못 사서가 아니라 너무 버리지 못해서.

　우리네 삶에서 버려야 하고 절제해야 할 것들이 얼마나 많은가? 내게 넘쳐나는 욕심들을 조금만 절제할 줄 안다면 내 인품의 격은 또 얼마나 상승할까?

　아이는 멈추라고 한다.
　내 아이는 브레이크다.
　달리고 싶은 내 삶에 사고 나지 말라고 멈추게 해주는 아주 성능 좋은 브레이크.

2019년 3월 29일
2019년 단아의 목표
1. 포크로 음식 먹기
2. 걷기

　남들에겐 아무것도 아닌 일들이 나에겐 거대한 산처럼 느껴진다. 하지만 비교하지 말자. 인생의 버그쯤으로 여기고 해결해 나가면 그뿐!

오늘도 좋은 일이 오려나 봐

단아는 음식을 먹을 때 코로 먼저 먹고(향기), 그 다음 손으로 먹고(촉감과 온도), 마지막에 혀로 먹는다(맛). 이 세 가지가 마음에 들지 않으면 목으로 넘기지 않는다.

엄마로서 단아의 방식을 존중해주고 싶다. 하지만 세상의 시선을 이기기가 힘들다. 포크로 먹는 방법을 알려주고 싶은데 너무 어렵다.

방법이 없을까?

2019년 3월 30일
새벽 5시 기상
헤이즈의 <저 별>을 듣고 있는 단아.
저 별도 나를 보고 있을까?
아니 날 찾고 있진 않을까?

단아야, 출장 간 아빠 돌아오면 별 보러 천문대 가줄게.

일단 자자.

2019년 4월 4일
단아는 데이서비스에 보내고 인아와 데이트.

단아와 있으면 인아에게 미안해지고
인아와 있으면 단아에게 미안해진다.

간만에 좋은 날씨!
우리 둘은 행복 中

2019년 4월 5일

밤 9시 아이들은 여전히 쌩쌩하고 난 완전히 방전됐다.

잠시라도 화장실에 숨어 쉬려고 하면 그 꼴을 봐주는 류 씨는 없다. "종일 너희들 뒤치다꺼리하느라 엄만 너무 힘들다." 라고 하소연했더니 인아가 말한다.

"엄마! 살아있는 게 행복한 거예요. 살아있으니 다 느낄 수 있는 거잖아요."

내 똥강아지!

가끔 이렇게 철학자 같은 소리를 한다.

예전에는 '너무 힘들어서 차라리 빨리 죽는 게 낫겠다'라고 생각할 때가 있었는데……. 그래! 살아있다는 건, 그래서 느낄 수 있다는 건 정말 행복한 거다.

"엄마도 그렇게 생각해. 고마워, 딸아."

2019년 4월 6일

우생학(優生學, eugenics)에 기초해서 합법적으로 빈민 남성들을 거세하거나 유전적 질환자들을 살해했던 시절이 있었다. 역사적으로 그렇게 오래된 이야기도 아니다.

2016년에 일본에서는 입에 담기도 싫은 끔찍한 살인 사건이

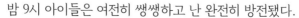

있었다. 장애인 시설 직원이었던 한 남성이 장애인들은 살 가치가 없는 존재들이라며 살해한 사건이다. 죽은 이들만 19명이었다.

그의 생각처럼 살 가치가 없는 삶은 없다.

우리 아이는 자폐 아이다.
난 그 아이의 엄마다.
하지만 우린 가치 있게 살고 있다.

어려운 사람에 대해 공감할 수 있으며 돕고자 하는 마음도 가지고 있다. 난 우리 같은 사람들이 오히려 삶에 가치를 부여해주고, 세상을 정화해주는 역할을 하고 있다고 생각한다. 나는 나의 가치가 있고 당신은 당신의 가치가 있다. 그 어떠한 생명도 가치가 없는 것은 없다.

잘못된 잣대로 장애 자체를 열등하다고 단정짓지 말기를⋯⋯
세상에 무릎 꿇게 하지 말기를⋯⋯.

세상에 요구하는 바이다.

2019년 4월 8일

국어, 수학처럼 '더불어 사는 세상'이라는 수업 과정이 있었으면 좋겠어요. 인성 점수가 성공에 지대한 영향을 미치는 시대가 왔으면 좋겠어요.

장애를 보고 놀라지 마세요.

장애에 대해 놀리지도 마세요.

저도 이렇게 될 줄 몰랐거든요.

당신도 모를 일이잖아요.

진짜 모를 일이에요.

장애를 보면서 우월감을 느끼지 않았으면 좋겠어요.

안도감도요.

장애는 열등한 것도, 불행한 것도 아니니까요.

장애는 확실히 불편해요. 너무 너무 불편해요.

하지만 사회의 시스템으로 그 불편을 충분히 해소할 수 있어요. 우리 모두 힘을 합쳐 장애가 불편하지 않는 사회를 만들어 보는 것은 어떨까요?

그게 당신에게도 좋은 일이예요.

장담할 수 있어요.

2019년 4월 10일

외출했다가 집에 와서 펑펑 울었다.

아이가 통제가 안 되니까 현관문을 여는 순간부터 전쟁터로 나가는 마음이랄까? 특히, 좁은 엘리베이터 같은 공간에서는 더 긴장을 해야만 한다.

집으로 돌아오는 엘리베이터 안에서 아이가 움직이다가 어떤 여자분 손을 살짝 스쳤는데 얼마나 소스라치게 놀라며 소리를 지르던지. 몇 초의 순간이 영원한 지옥처럼 느껴졌다.

단아의 거침없는 돌발 행동에 사람들에게 진심을 다해 "스미마셍(미안합니다)"을 외치며 고개 숙여 사과했다. 안그래도 못 자고 못 먹어서 체력이 떨어진 상태였는데 갑자기 그동안의 힘듦과 서러움이 복받쳐 올라왔다.

2019년 4월 17일
작은 집 댕댕이 메리가 새끼를 낳았다. 새끼에게 젖을 먹이는 동영상을 보며 편하게 먹이고 싶어서, 많이 잘 먹이고 싶어서 안간힘을 쓰는 메리를 보며 괜히 눈물이 났다.

난 항상 내 자신이 모성애가 없다고 생각했다. 세상이 여성에게 모성애를 은근 강요하는 것 같아 불만스러웠다. 애들이 예쁘기도 하지만 버거울 때도 너무 많았으니까. 그런데 그 동영상을 보니 내 모습이 오버랩됐다. 타지에서 누구 하나 의지할 곳 없이 아이들을 돌보려고 안간힘 쓰며 사는 내 모습. 난 오늘 '나에게도 모성애라는 게 있었구나'라고 깨닫게 되었다.

참 생명이라는 것은 너무 존귀한 것 같다. 아이들도 소중하게 잘 키우고, 남편도 멋있게 잘 키우고, 누구보다 내 자신을 사랑해주며 잘 키우고 싶다.

2019년 4월 18일
23.4°
지구의 기울기
생명이 살기에 유리한 행성
계절의 변화가 없거나

2
더
완벽함을
위한
실수

계절의 변화가 극심해도
생명이 살기에는 불리해지지만
딱 저 만큼의 기울기로
지구 안에 생명이 숨 쉬고 산다.
나도 딱 그 만큼의 기울기로
딱 그 만큼의 관심으로
딱 그 만큼의 배려로
너에게 다가가고 싶다.
너무 부담스럽지도
너무 서운하지도 않은
너무 꼿꼿하지도
너무 비굴하지도 않은
23.4°
딱 그런 자세로 살고 싶다.

**

4월 새 학기.

2학년 때 곧잘 먹던 급식을 다시 거부하다가 드디어 오늘, 조금 먹었다고 한다. 한숨 돌렸다.

단아는 요즘 드라이브에 꽂혀 있다. 차라리 공원이 낫다 싶어 해 떨어지기 전에 얼른 공원으로 차를 돌렸다. 뛸 공간이 있다는 것도, 단아가 잠시나마 뛰어놀아 준다는 것도, "응" 한 글자로 자기표현을 할 수 있다는 것도 모두 감사하다. 힘도 들지만 모든 게 감사하다.

2019년 4월 25일

참관 수업에 갔다 왔다.

아이들의 학교생활은 '안녕'해 보였다.

단아 1학년 참관 수업 때는 집에 돌아와서 매번 통곡을 했다. 단 5분도 지켜볼 수 없을 정도로 고통스러운 순간이었다. 아이가 머리를 박고 울기 시작하면 아무도 말릴 수가 없었다. 그 많은 학부모들 앞에서 아이는 학교가 들썩거릴 정도로 울었다.

직면해야 한다는 것.

피해갈 수 없다는 것.

잔인하게 내 영혼을 갈기갈기 찢어 놓으면 어떻게든 붙이고 또 붙이면서 시간을 연명했다.

오늘, 아이들은 나름 '안녕'해 보였다.

그렇게 '안녕'이라는 두 글자가 나를 보고 아는 척 해주었다.

돌아오는 길, 라일락이 눈에 들어온다.

향기도 맡아본다.

향기가 너무 좋아서 눈물이 날 것 같다.

2019년 4월 26일

알베르 카뮈는 양말을 사랑했다고 하지?

난 오늘 저 물웅덩이에 젖어 버린 양말이 미워 아이의 죄 없는 등짝을 때렸다.

겨우 학교 갈 준비를 하고 집 앞뜰을 나가는 순간, 단아는 물웅덩이로 룰루랄라 뛰어들었고 난 다시 집으로 올라가 아이

2 더 완벽함을 위한 실수

학교 갈 준비를 새로 해야 했다.

등교 시간, 해맑게 물웅덩이에서 뛰어노는 저 아이는 무죄다. 그 아이의 젖어버린 신발이나 양말은 더더욱 죄가 없다. 아이의 등짝은 억울하다. 죄가 있다면, 물웅덩이에 반드시 뛰어들 것을 알고 있으면서도 그것을 간과했던 나의 나태함이다.

미안하네. 양말!
샤워하고 겨우 몸을 말려 외출했더니 다시 젖게 해서 미안하네. 내가 다음에 물웅덩이가 보이거든 자네의 주인을 내 등짝으로 꼭 업겠네. 약속하지!!

2019년 4월 28일
단아가 좋아하는 것

- 귀 파기
- 코코넛오일 마사지
- 신라면
- 오레오
- 아이스크림
- 키리모찌
- 가케우동
- 곤약젤리 복숭아맛
- 어부바
- 노래부르기
- 그림책 특히, 하라페코 아오무시(배고픈 애벌레)

- 꿀 바른 식빵
- 파미치키 (훼미리마트에서 파는 치킨)
- 드라이브 하면서 K-pop 듣기
- 샤워하기
- 스윗더미 영상보기
- 물놀이
- 기도시키기
- <예수 사랑하심은> 반복듣기
- <당신은 사랑받기 위해 태어난 사람> 피아노 반주시키기
- 캐논 변주곡
- 스가키야 라면(スガキヤラーメン)
- 핑크이불

2019년 5월 10일

걱정이 형태도 없이 먹구름처럼 몰려올 때가 있다.

무슨 걱정인지도 모를 막연하고 까만 근심덩어리가 가슴에 낮게 깔려 한숨만 푹푹 쉬어질 때가 있다. 나에게는 최선의 시간들이 '정말' 이게 최선인가 하고 불안의 메아리를 쳐올 때 적어본다. 내가 무엇 때문에 이 깊은 한숨을 쉬고 있는지.

1. 단아 학급에 후배들이 없어서 선배들 다 졸업해 버리면 혼자 남을 텐데 그땐 학교를 특수학교로 옮겨야 하나?
2. 단아가 손으로 먹는 행동, 잘 걷지 않고 계속 업어달라고 하는 행동이 안 고쳐지면 어떻게 하나?
3. 내가 일본에서 남편 없이 혼자 남겨진다면 그땐 이 아이 둘을 데리고 나 홀로 어떻게 살아야 하나?

4. 엄마, 아빠가 돌아가시면 난 한국과 인연이 끊어질까?

5. 이 중요한 시기에 단아에게 아무것도 안 해줘도 되는 건가? 뭔가 더 적극적으로 가르쳐야 하나? 내가 너무 방치하는 걸까?

근심의 정체를 바라본다.

1. 단아 후배들이 들어올 수도 있으니 그건 그때 가서 고민하자.

2. 단아에게 음식을 그릇에 담아 '후루룩' 하면서 먹으라고 가르치고 있으니 너무 급하게 생각하지 말자. 단계적으로 생각하자. 걷는 것도 이 정도면 예전보다 좋아졌으니 알아듣지 못해도 계속 설명하자.

3. 남편에게 의존도가 높다고 스스로 생각하고 있으니 저런 걱정을 하는 거다. 일단 언어 문제만 자유로워도 그런 생각을 덜 할 것 같다. 의식적으로 일본어를 공부하자.

4. 엄마, 아빠 살아계시니 그것도 지금 걱정해서 뭐하랴.

5. 학교에서도, 데이서비스에서도 공부하고 있고, 음악치료와 개인 수업도 하고 있다. 충분히 잘 하고 있다. 한 달에 한 번 수영장을 데리고 다니는 건 어떨까?

걱정할 것과 걱정하지 말아야 할 것을 나누고, 지금 할 수 있는 것들도 생각해 보았다. 결론적으로 내가 할 수 있는 것은

1. 일본어 공부
2. 한 달에 한 번, 단아 수영장 데리고 가기.

3. 단아가 알아 듣지 못해도 계속 말로 설명하기.

이 정도다.
자, 이제 마음의 먹구름은 걷어내고 가벼운 마음으로 오늘을 맞이하자.

<u>2019년 5월 11일</u>
사람들은 달에 갈 생각만 하느라 자기 발밑에 핀 꽃을 보지 못한다. <알베르트 슈바이쳐>

어쩌면 나도 달나라를 꿈꾸고 있는지 모르겠다.
단아의 천재성을 발견한다던가, 아님 어느 날부터 단아가 갑자기 말을 잘 할 수 있게 된다던가 하는 것을 가끔 꿈꿨다.
아직 어리니 <u>모르는</u> 일이라고 나를 달래며 달을 보듯 미지의 단아를 보았는지도 모른다.

'그래. 하늘을 보는 것도 좋지만 발밑을 보고 사는 것도 나쁘지 않겠다.'

아이와 함께 걷는 한 걸음 한 걸음.
그것도 욕심이라면 내 등에 업고 걷는 한 걸음 한 걸음이라도. 저 멀리 날아갈 수는 없어도 때론 등에 업은 단아가 무겁게 느껴져도.

아이야, 우리가 함께 있는 곳이 달나라 아니겠니?

2 더 완벽함을 위한 실수

125

2019년 5월 13일

둘째가 ADHD(주의력 결핍 / 과잉 행동 장애)는 아닐까 갑자기 그런 생각이 들었다. 그러자마자 모든 근심과 우울함이 어두운 생각 속으로 파고들었다. 조금 전에는 학교에서 단아가 머리를 박고 울다가 유리가 깨져 이마와 귀에서 피가 났다고 연락이 왔다.

난 고통에서 헤어 나오기 위해 빅터 프랭클의 <죽음의 수용소에서>라는 책을 떠올렸다. 아우슈비츠에서 일어났던 상상하지 못할 끔찍한 상황을 직면해야만 했던 사람들을 생각했다. 그걸 생각한다면 내 삶의 어떤 부분도 천국이 아닐 수 없다는 걸 깨닫는다.

그러니 난 뭐든 할 수 있다.

어젯밤에 잘 수 있었고, 오늘 아침 밥을 먹을 수 있었고, 내 자식을 먹이고 만질 수 있었다. 그 이상의 행복은 덤이라 생각하면 감사하지 못할 것도 없고, 헤쳐나가지 못할 것도 없다.

걱정, 두려움 다 깨버릴 거야.
불평도 원망도 다 거절할 거야.
내가 겪고 있는 일은 아무것도 아니다.
아무것도 아니다.
난 할 수 있다.
난 할 수 있다.

오늘도 좋은 일이 오려나 봐

2019년 5월 16일

 엄만, 네가 수저를 사용해서 밥을 먹었으면 좋겠지만 만약 평생 손으로 음식을 먹는다 해도, 그래서 사람들이 엄마를 질책해도 네가 그래야만 밥을 먹을 수 있다면 그냥 그대로 괜찮아.

 엄만, 네가 다른 사람들처럼 걸어 다녔으면 좋겠지만 만약 네가 엄마만큼 키가 커서도 업혀 다닌다고 해도, 그래서 사람들이 엄마를 힐끔힐끔 쳐다봐도 네가 엄마 등에 업혀서 조금 덜 불안하다면 그냥 그대로 괜찮아.

 엄만, 네가 말을 잘할 수 있으면 너무 좋겠지만 만약 네가 계속 말을 못한다고 해도, 그래서 사람들이 바보라고 놀려도 네가 이미 "엄마"라고 말할 수 있으니 그냥 그대로 괜찮아.

 넌 그냥 그대로 하나님이 주신 귀한 선물이란다.

2019년 5월 19일

 단아가 머리에는 손도 못 대게 해서 평생 머리 묶을 일이 없을 줄 알았는데 역시 학교는 학교다. 며칠 전부터 학교 선생님의 노력으로 뒷머리 묶기에 성공했다. 머리를 묶었더니 제법 학생처럼 보인다. 아니 어여쁜 아가씨처럼 보인다.

 며칠 전에는 단아를 등교시키고 돌아오는 길 횡단보도에서 한눈을 팔다 신호를 놓칠뻔했다. 깜빡이는 초록불에 부랴부랴 횡단보도를 건넜다.

아이를 키울 때도 종종 빨간 신호에 걸린다. 다른 아이들이 성장하는 모습에 한눈 팔다보면 우리 아이가 건너가야 할 순간을 놓쳐버리게 된다. 하지만, 멈춰 있다가도 성장하는 순간이 반드시 온다. 단아가 머리를 묶게 된 순간이 온 것처럼.

초록불을 놓칠 뻔하다가 다급하게 뛰어간 내 모습처럼 아이가 성장하는 순간을 놓치고 싶지 않다. 그렇다고 급한 마음에 빨간 신호에서 위험하게 아이 팔을 질질 끌고 싶지도 않다. 삶의 길을 걷다가 성장의 신호등을 만나면 기다림과 건너감을 안전히 지도해줄 수 있는 그런 엄마가 되고 싶다.

아이가 커서 혼자서도 성장의 신호등 앞에서 잘 기다리고 잘 건너갈 수 있도록, 내 자신도 그렇게 다치지 않고 성장하기를 바라며 하루를 마무리한다.

2019년 5월 21일
자해를 해서 생긴 아이의 상처를 보며 밤새 아주 길게 글을 썼다. 그리고 모두 지웠다.
상처도 내 글처럼 지워졌으면 좋겠다.

2019년 5월 23일
2008년 9월에 일본에 왔다.
작년이 이민을 온 지 딱 10년째 되는 해였다.
일본에 살면서 가장 힘들었던 건 언어가 아니었다. 바로 친해지면 떠나고 친해지면 떠나보내야 하는 사람과의 관계, '이별'이었다. 그 후 모든 노하우를 총동원해 난 나의 마음을 보관하기에 애썼다. 하지만 이민의 시간이 길어질수록 또 다른 어려움이 발생했는데, 바로 내 나라 한국과의 관계였다. 난 한국인인데 딸 단아의 장애로 인해 비행기를 못 타니 한국을 자주 못 가게 되었고, 한국과는 점점 멀어지고 있다는 불길한 감정을 지울 수 없었다. 일본에서는 철저하게 한국인 취급을 받는데, 한국에서는 일본 사람 다 된 것 같다며 편견의 눈으로 나를 바라봤다.

9년째 되던 해.
불안감은 극도로 치달았고 그해 여름, 일본에서 가족처럼 지내던 지인들은 썰물 빠지듯 갑자기 먼 곳으로 떠났다. 그리고 가을쯤 큰 언니와 가족 회비 문제로 긴 싸움을 하게 되었다.

눈물, 콧물 다 빼며 목숨만 연명하고 있던 시절. 큰 언니가 나에게 "너만 힘든 거 아니야! 주변 사람들 다 힘들어. 감사를 해야지!"라고 했을 때 난 감정이 폭발하고 말았다.
고통 중에도 감사하는 건, 감당하고 있는 내가 하는 거지 누군가의 강요로 되는 게 아니다. 남들은 다 그렇게 말해도 괜찮은데 내 언니가 그렇게 말하니 '내 상황을 전혀 모르는구나.' 싶어 마음이 아팠다. 그 순간만큼은 내가 겪고 있는 괴로움보다 언니의 비공감이 나를 더 아프게 했다.

지금은 서로가 서로를 용서했다.
언니는 힘든 시기를 보내고 있다. 어제부터 암치료 때문에 방사선동에 입원 중이다. 그런 상황에서도 언니는 내가 하지 못했던 감사를 놓지 않고 있다.

2
더 완벽함을 위한 실수

지금 언니는 언니만의 시간을 걷고 있다.
누구도 대신해주지 못할 그 고통의 시간.
언니가 잘 견뎌주기를 마음을 다해 응원하고 기도한다.

'언니, 언니도 나처럼 힘들어 봐야 내 맘을 알 수 있을 거야!
라고 했던 그 말들 정말 미안하고 또 미안해.'

2019년 5월 24일
'항상 욕심이 없으면 그 묘함을 보고, 항상 욕심이 있으면 그 가
장자리만 본다.'

노자가 한 말이다. 아이는 늘 내 욕심을 내려놓게 만든다.
'더 이상 내려놓을 게 없다'는 생각이 들 때도 어김없이 더 내
려놓으라고 한다. 신기하게도 다 내려놓았다고 생각할 때도
더 내려놓을 것들이 있었다.

아이는 내 삶에 있어 선생님이다.
삶의 가장자리만 돌고 있는 나를 무슨 수단을 써서라도 삶
의 중심으로 이끌어준다. 단아에게 이끌려 살다 어느 순간에
가만히 서서 생각해 보니 인생은 정말 묘하다. 가지지 않는 것
이, 더 귀한 것을 가질 수 있는 지름길이었다.

2019년 5월 25일
운동회 달리기 시합에서 단아는 품위 있게 천천히 트랙 위
를 걷는다.

'달리기는 무엇? 난 내 속도로 걸으리.'

더워서 짜증도 날만한데 많은 사람이 "단아쨩. 간바레!(단아야. 힘내!)"라고 외친다. 이 응원이야말로 단아가 결승선까지 도달할 수 있게 해준 원동력이 아닐까?

2019년 5월 28일
몇 년 전에 썼던 나의 글을 봤다.

글의 마지막 문장은 '사랑은 온전한 나로 해야 한다'라고 쓰여 있었다. 이별이 힘든 시기였다. 자꾸 헤어지는 사람에게 내 마음이 쏠려가 공허해지는 시기가 몰려왔다. 그런데 아이를 사랑할 때도 온전한 나로서 사랑해야겠다는 생각이 든다. 한때는 내 몸의 일부였고, 또 한 때는 내 삶의 대부분이었지만, 이제 아이는 독립된 개체로 성장하고 있다. 내 몸에서 아이를 빼내듯이 내 삶에서도 아이를 조금씩 빼주는 노력들을 해야겠다.

가끔 내 마음에 진통이 온다.

다 내 것 같아서 아이가 온전하지 못하면 내가 그 모든 걸 다 고치고 싶은 생각이 든다. 그런데 내가 노력해도 아이는 고쳐지지 않는다. 내가 아니기 때문이다.

이젠 아파도 조금씩 인정하자.
아이의 삶을.
아이의 방식을.

고통의 숙주가 된 아이를 사랑한다.
나 또한 숙주다.
고통은 아이 몸에 상처를 남긴다.
덩달아 내 마음도 움푹 파인다.

아이는 더위에 약하다.
학교의 규칙상 아직은 에어컨을 틀 수 없다.
고통이 아이의 머리를 박게 했다.
저지하던 선생님의 엄지손가락에 얼굴이 긁혀왔다.
난 괜찮다고 했다.
난 괜찮지 않았다.
괜찮지는 않았지만 한편으로는 또 괜찮았다.
오늘도 오래된 친구처럼 고통이 무심하게 다가왔다.
괜찮지 않음을 괜찮은 척
아픔을 아프지 않은 척
나 또한 무심하고 익숙하게 맞이했다.
고통과 싸우기도 지겹다.
처음엔 싸워도 보고 달래도 봤지만
그때마다 악착같이 뒷다리를 잡았다.
오늘도 고통이 나에게 안부를 건네기에
그냥 놀다 가라고 말했다.

<u>2019년 6월 3일</u>

며칠 전 둘째 아이가 식당에서 징징거리며 우는 언니가 창피
하다며 나가버렸다.

오늘도 좋은 일이 오려나 봐

지금까지 한 번도 언니가 창피하다고 말한 적이 없었기에 당황했지만, 단아를 혼자 두고 인아를 따라 나갈 수 없는 상황이었다. 아이는 다행히 자기 발로 퉁퉁거리며 식당 안으로 다시 들어 왔다. 하지만 우는 언니를 보며 몇 번을 나갔다 들어오기를 반복했다.

전에도 주문만 해놓고 먹지도 못하고, 울화가 치밀어올라 식당을 나가야 했던 적이 몇 번 있었다. 하지만 이제는 화나고, 짜증나는 마음을 꾹꾹 눌러 담는 요령을 터득한 프로 엄마가 되었다.

2019년 6월 15일
매일 멈추는 그 자리.
바쁜 등교 시간에도 그녀는 늘 한가롭다.
아이는 무얼 보고, 무얼 생각하고 있을까?
그래, 서두르지 말자. 우리.
미래의 행복을 위해 지금의 행복을 처박아놓지 말자.
그래봤자 30초.
널 재촉하지 않을게.

2019년 6월 23일
잠깐 한눈판 사이에 맨발로 걷고 있는 단아.
저 뒤에는 벗겨진 신발이 나뒹굴고 있다.
요즘 부쩍 맨발로 걷고 싶어 한다.
예전엔 안 된다고 틀렸다고 했던 많은 것들.
한 번 더 생각해 보면 그렇게까지 안될 것도 없는데.

가끔은 나도 너처럼 자유롭고 싶다.
누가 뭐래든, 나도 너처럼 그렇게 자유로워지고 싶다.

2019년 6월 26일

학교 화장실을 이용하는 단아의 모습이 나에게는 엄청난 감동으로 밀려와서 여기저기 자랑 좀 했다.
"대박! 우리 애가 혼자 화장실을 간다."

마스크를 스스로 쓰고(마스크도 쓸 줄 알았다니!) 실내화를 벗고, 화장실 슬리퍼로 갈아 신고(변기로 가기 전에 바지를 내린 건 좀 그랬지만), 혼자 소변을 보고, 옷도 다 갖춰 입은 상태로 나와서 다시 자기 실내화로 갈아 신는다. 화장실 슬리퍼를 가지런히 정돈하고 손을 씻고 나오면서 나에게 매달리지 않고 바로 교실로 들어갔다.

우리 아이가 이렇게 엄청난 일을 해내면서 산다.

더 엄청난 일을 하며 사는 자기 자신을 미워하지 말 것!
자책하지 말 것!
열등감에 빠지지 말 것!
감사하며 살 것!
자신의 모든 삶에 감동하며 살 것!
못해도 된다. 했다면 칭찬하자.
스스로에게도, 주변 사람들에게도!

2019년 6월 28일

다른 아이들은 이미 1교시 수업을 하고 있을 그 시간.
우리 단아는 천천히, 천천히 마을을 걷는다.

세상의 속도와 맞추려면 아이도 나도 서로 사랑하지 못할
것이다. 우린 그냥 우리 속도대로 서로를 사랑하기로 결정했
다. '정말 이래도 될까? 내가 아이를 더 부지런하게 키워야 하
는 거 아니야?'라고 마음 깊숙한 곳에서부터 또 다른 생각의
기포가 퐁~ 하고 떠오른다. 그 생각의 파장에 잠시 흔들리지
만 다시 마음을 다잡는다.

'세상이 결정해 놓은 틀에 매이고 싶지 않아. 내가 결정하면
서 살 거야. 너무 늦어버린 건 없어. 우린 걸어가고 있고, 걸어
가면서 행복해. 그 방향만 잘 점검하면 돼.'

스스로에게 단호히 말한다.
아이는 자기의 속도대로 학교에 잘 도착했다. 선생님이 반
갑게 맞아주었고, 자기의 신발은 스스로 정리하도록 선생님도
나도 단아의 시간을 기다려 주었다.

단아와 웃으며 헤어졌다.
단아야, 좋은 시간 보내렴!

2019년 7월 1일

단아는 초등학교 3학년이지만 단아의 발달은 2~3살 정도에
멈춰있다. 양치, 대/소변 보기 등 하나부터 열까지 모두 엄마

의 몫이다.

잠을 자야할 시간에 아이는 드라이브를 하자고 한다. 끝나지 않을 것 같은 실랑이에 아빠는 그 밤에 아이를 데리고 나간다. 같이 따라 나가겠다는 동생을 엄마는 달래며 재운다. 언니가 다시 오기까지 잠을 안 자는 동생이 제발 잠들기를 간절히 바란다. 언니의 장애에 대해 좋은 말로 설명해 준다. 다행히 아이는 어느 정도는 수긍한다. 나는 둘째 인아를 겨우겨우 재우고, 인아는 겨우겨우 잠든다.

드라이브를 마친 큰딸은 기분이 좋아져서 들어온다. 아빠는 큰일을 해냈으니 게임을 하고, 엄만 다시 큰딸 재우기에 돌입한다. 아이는 잘 생각이 없고, 엄만 인내심의 한계를 느낀다. 아이의 징징거리는 울음소리에 미치기 직전 그 방을 탈출한다. 조금 있으니 단아가 발로 유리 창문을 팡팡 친다. 아이를 혼낸다. 아빠가 게임을 잠시 멈추고 아이를 재우러 들어갔다가 한계를 느끼고 그 방을 탈출한다. 엄마가 들어가서 단아의 곁에 다시 눕지만 점점 한계에 이른다.

이미 지옥 같은 주말을 겪어낸 끝자락이다. 이러다간 너도 죽고 나도 죽을 것 같은 마음의 상태가 된다. 이렇게 살아서 뭐 하겠냐는 마음이 물기둥처럼 높이 치솟는다. 다시 한 번 그 소용돌이에서 박차고 도망친다. 단아의 방을 나오며, 나는 더 이상 안 되겠다고 선포한다. 남편이 그 좋아하는 게임을 그만두고 다시 단아 방으로 들어간다. 벌써 밤 12시가 넘었다. 평범한 우리 집의 밤 풍경이다.

새벽 4시까지 머리 박고 울던 아이가 밤 12시면 잠을 자주니 고마워해야 하는데 여전히 힘겹다. 아빠도, 엄마도, 동생도 너무 많은 걸 포기하고 산다. 이러면서도 금방 아이 볼에 뽀뽀하고 "사랑한다." 고백하며 그렇게 산다.

2019년 7월 3일

유발하라리는 인류는 힘을 행복으로 바꾸지 못했다고 말한다. 다시 말해, 인류는 석기 시대에 비해 수천수만 배 이상의 힘을 손에 쥐고 있으면서도 더 행복해지지 않았다는 말이다. 심리학에 따르면 행복은 기대치에 의해 좌우된다. 사람들은 가질수록 더 가지고 싶어하기 때문에 기대치가 상승하여 행복감을 느끼기가 힘들다고 한다. 기대에 못 미치면 불행해진다. 현대사회에서 자살이 계속 늘어가는 이유다.

내 아이가 건강하지 못하다는 것을 알았을 때, 몹시 당황스럽고 불행하고 힘들었다. 지금은 육체적으로 힘들긴 하지만, 아이가 무엇 하나 성공하면 그렇게 행복할 수가 없다. 둘째 아이는 장애가 있는 언니에 비하면 천재다. 하지만 덧셈, 뺄셈을 손으로 하고 있으면 한심해 보인다. 만약 언니가 덧셈, 뺄셈을 할 수 있다면 모르긴 몰라도 동네잔치를 하고 있을 것이다.

행복은 기대치다.
기대치를 조금만 낮춰도 행복에 쉽게 도달할 수 있다.
불행한 사람이 아니라 행복한 사람으로 살고 싶다.

2019년 7월 10일

단아야~ 단아야~ 우리 단아야.

오늘 네가 지나갔던 길에서 만난 많은 사람들이 뭐라고 한 줄 아니? "괜찮아요."라고 했어.

엘리베이터 안에서 네가 부딪혔던 아저씨도, 온천에서 네 발에 튄 물을 몇 번이고 맞아야만 했던 외국 언니도, 식당에서 네가 손으로 만져버린 음식의 주인도 괜찮다고 말해주었어. 네가 이상한 소리를 내며 그렇게 뛰어다닐 때도 아무도 너에게 소리를 지르지 않았어. 모두 불편을 감수해 주었어.

사실 엄만 너무 힘들었어.

엄만 괜찮지 않을 때도 너무 많으니까.

조금 전에 응가 싸는 너의 앞을 지키다 생각해 봤어.

너 없이 살 수 있을까?

이렇게 힘든데, 네가 없으면 편할까?

과거로 돌아가서 무언가를 다시 선택할 수 있다면 엄만 어떻게 할까? 오늘 하루도 이렇게 힘들었지만 엄만 널 선택할 거야. 똑같이 널 만날 거다.

단아야,

너에게 괜찮다고 말하고, 널 이해해준 많은 사람들에게 좋은 일이 생겼으면 좋겠다. 고마운 사람들이니까.

2019년 7월 12일

일본에 처음 왔을 때, 난 일본어를 한 마디도 하지 못했다.
사람들이 웃고 떠들어도 왜 웃는지 몰라 멀뚱한 마음이 되고,

말귀를 못 알아들으니 혼자서 해낼 수 있는 것이 하나도 없었다. 심지어 아무리 아파도 남편 도움 없이는 병원조차 갈 수 없었다. 문화나 정서도 달랐다. 사람들의 진짜 감정을 해석할 수 없어 내가 어떻게 행동하고 반응해야 하는지 전혀 몰랐다. 바이러스 같은 존재가 되어 나를 잘 숨기거나 변형해야 했다. 그렇지 않으면 이질적인 시선들이 내 온몸으로 스며들어왔다.

단아도 느낄 것이다.
말은 못 해도 공기에서 흐르고 있는 정서. 내가 타인에게 받아들여지고 있는가? 아닌가! 하는 것들. 반응 코드가 달라서 도대체 어떻게 행동해야 하는지 어리둥절하며 망설일 때가 있을 것이다.

그 우울함, 두려움, 갈 곳 없어 방황하는 마음.
엄마도 여전히 겪고 있다.
단아가 성장하는 속도나 엄마가 일본에 이민 와서 적응하며 사는 속도나 별반 다르지 않다.

엄마가 한국에 가서 살지 않는 이상!
세상이 모두 자폐로 변하지 않는 이상!
너와 나의 이질감은 바뀔 수 없는 것이다.

그러나 우리를 사랑해주는 사람들에게 감사하고, 너와 내가 함께 살 수 있는 오늘에 감사하자. 우리 스스로를 소중히 여기고 이질감이 아니라 희소성 있는 가치를 창출하자. 우린 누가 뭐래도 소중한 존재야.

2019년 7월 31일

'성장'이라는 단어를 엄마는 좋아한다. 의존하지 않는 것이 '성장'의 또 다른 이름은 아닐까 생각해 본다.

엄마는 정말 의존적인 사람이었다. 오랜 시간을 '막내'라는 위치에서 어떻게 해서든 누구에게든 의존으로 연명하면서 살았던 것 같다. 엄마는 오늘도 성장을 연습하고 있다.

인아야~

오늘 넌 태어나서 처음으로 엄마, 아빠를 떠나 2박 3일간의 캠프를 떠났다. 엄마 입술을 만지지 않고는 잠을 못 이루는 네가 오늘은 엄마 없이 자는 날이다.

성장은 하고 싶다고 되지 않더라.

노력한다고 되지 않더라.

상황, 그런 상황이 성장을 하게 만들어 주더라.

인아야~

오늘의 성장을 축하한다.

조금 아프고 외롭더라도 혼자 해보고, 혼자 자도록 해보거라.

엄마가 응원하고 있다.

사랑한다.

2019년 8월 2일

오늘은 일본이 한국을 백색국가에서 제외시킨 날이다. 이날 나고야의 한 미술관에서는 <소녀의 상>이 전시되었다.

<소녀의 상> 전시는 SNS를 통해 알게 되었고, 일본 뉴스를 보니 나고야 시장이 <소녀의 상> 전시를 저지시킬 우려가 있어 보였다. 화장도 못한 채 인아를 데리고 급히 집을 나섰다. 아이에게 보여 주고 싶었다. 나고야선 3년에 한 번씩 전 세계 예술가들이 모여 전시회를 연다. 전 세계 예술가들이 한 자리에 모인 그곳에 우리의 이야기가 울려 퍼지고 있었다. 수많은 다른 전시관들과 다르게 경비가 삼엄했고, SNS에 사진을 올리지 말라는 경고 문구가 있었다. "표현의 부자유"라는 한국관의 주제에 적합하게 실제로 일본 정부가 표현을 억압하는 모습으로 전시회는 완전해졌다. <소녀의 상> 앞에서 일본인 남녀가 조용히 이야기한다.

"저 소녀가 나라면 어떨까? 너의 여동생이면 어떨 것 같아?"

집으로 돌아오는 길, <소녀의 상> 앞 일본인 남녀의 이야기가 가슴에 퍼져 왈칵 눈물이 나왔다.

2019년 8월 23일
요즘 남편과 내 생각의 교집합 안에 큰 궁금증이 하나 생겼다. "쟤, 왜 저러는 걸까?"
에어컨 빠방하게 틀고는 춥다고 겨울 이불 안에 폭 들어가서 자는 우리의 큰딸 단아 이야기다. 한여름에 겨울 이불이라니, 남편이 저러고 있으면 엉덩이를 걷어찼을 텐데. 우리 큰딸은 무서워서 건드리지도 못하겠다.

갑을병정이 확실한 우리 집.

2019년 9월 7일

"여보~ 여보~" 다급히 부르는 소리가 새벽 단잠을 깨운다.
"단아가 이불에 오줌 쌌어! 빨리 좀 와 봐!"

정말 오래간만의 일이다.
오줌 싼 곳을 확인하고 이불들을 다 걷어낸다. 침대 위에 큰
타월을 깔고 내 체중을 한껏 실어 발로 밟는다. 안심이 될 때
까지 물수건으로 박박 닦는다. 페브리즈를 심하다 할 정도로
뿌린 후 바싹 마를 때까지 기다린다. 그래도 남아있는 찝찝한
마음은 그냥 오래된 친구로 삼는다. 그런 마음에 너무 신경 쓰
고 불평하면 단아와의 동거는 어렵다.

아이를 씻기고 다시 재우고 이불을 빨아 널고 나니 2시간이
훌쩍 지났다. 그 사이 인아가 깨서 책을 읽어 달란다. 그렇게
나의 이른 주말 아침이 시작되었다.

몇 년 전 단아의 기저귀를 떼기 위해 모진 겨울을 보냈다. 왜
겨울을 택했는지 설명할 순 없지만, 아마 더 이상은 시간을 지
체할 수 없었기 때문이었을 것이다. 겨울 이불을 두 달간은 매
일 빨았다. 그리고 두 달여 만에 단아는 기저귀를 뗐고, 나는
이불 빨래에서 해방되었다. 그렇게 된 데는 무슨 일이 있어도
단아가 자기 전에 화장실을 보내는 것과 아침에 일어나자마자
화장실을 보내는 것, 이 두 가지를 철저히 지켰기 때문이다.

그런데 어제는 단아를 양치시킨 후 너무 피곤해서 화장실
보내는 것을 깜빡하고 잠을 재운 바람에 새벽부터 큰 선물을

받았다. 큰 배움, 큰 깨달음!! 자기 전에는 아무리 피곤해도 단아 화장실을 꼭 보내자!

결과에는 원인이 반드시 있다.
다시는 새벽에 이불 빨래 하지 않으리~~

2019년 9월 10일
없던 일로 만들 수는 없다.
하지만 나에게는 상처를 딛고 나아갈 힘이 있다.

태풍이 오고 있다고 했다. 베란다에서 날아갈 것들을 정리해 실내로 들여놓았다. 그날 밤, 우리 집은 또 다른 태풍을 정신없이 맞았다. 태풍이 오고 있다던 그 새벽 다른 가정의 부인이 명을 달리했다. 그 집에도 장애를 가진 자식이 있다 했다. 난 살아서 그 소식을 접했다.

마음을 기댈 곳이 없다. 내일은 나보다 더 기댈 곳 없는 어느 여인을 위로하러 가야 한다. 올 여름 갑자기 남편을 잃은 지인이다.

온다던 태풍이 우리 지역을 피해갔다.
또 다른 태풍도 나의 뿌리까지는 뽑지 못했다.
너덜너덜해진 상처에 햇살이 내려앉았다.
한동안 어지러웠다.
터놓을 곳이 없어 과묵해지고 있는 하루였다.
하지만 직면하자!

감사의 뿌리를 다시 내리자.
일어나면 또 살아진다.
살아지면 다시 태풍도 맞겠지만, 견디면 열매도 맺힌다.

없던 일로 만들 수는 없다.
하지만 나에게는 상처를 딛고 나아갈 힘이 있다.

2019년 9월 13일
단아의 학교 선생님이 갑자기 보여줄 것이 있다며 상담을 요청했다. 때마침 오늘은 이동지원서비스가 없는 날이라 단아를 데리고 학교로 나섰다.

학교에 가보니 교실 유리창 곳곳에 유리가 없고, 남은 유리창들은 박스로 모두 감싸져 있었다. 단아가 패닉이 되어 울 때 모두 깨뜨린 것이다. 선생님은 죄송하다며 머리를 숙이며 단아의 안전을 위해 노력할 것이고, 깨진 유리는 학교에서 조치할 거라고 말씀하셨다. 사실 죄송한 건 나였다. 단아 우는 소리에 다른 선생님들 불만은 없냐고 물으니, 다른 반 애들도 우는 애들이 있으니 괜찮다며 웃어 보였다. 날 위로하는 말임을 알면서도 속고 싶었다.

"학교는 괜찮습니다. 엄마가 걱정이에요. 꼭 살아 있어야 합니다."

선생님의 말이, 내 마음속을 들여다보는 것 같아 웃음 뒤에 놀란 마음을 애써 숨겼다.

144

살아서 지키고 싶다.

새 학기라 단아 스트레스가 많을 것이다.
먹는 약의 양을 좀 늘려야 할지도 모르겠다.

2019년 9월 19일
어제는 차 안에서 단아가 말했다.

"아이 심심해."

자기도 그 말이 웃겼는지 피식 웃는다. 난 잘 못 들은 줄 알
았는데 세 번을 연속해서 "아이 심심해."라고 말했다. 옆에 있
던 인아가 "엄마, 언니 말 되게 잘한다!"라며 감탄했다.

단아는 일 년에 한 번(?) 정도 저렇게 말을 해서 깜짝 놀래
킨다. 어제처럼 말하는 걸 보면 다른 말도 할 수 있겠다 싶다
가도, 다시 지지직거리면 꼭 망가진 옛날 텔레비전 같다.

너의 머리 위에 안테나를 달아주고 싶다.
햇살도 좋고 바람도 상쾌한데 우리 이따가 머리에 안테나
달고 공원 한 바퀴 돌고 올까?

오늘 한 마디만 더 부탁해.
그럼 엄마가 너무 행복해질 것 같아.

2019년 9월 22일

모델하우스에서 상담을 받는 사이 단아가 다른 손님의 물컵에 손을 쑥 넣어버렸다. 얼음을 꺼내고 싶었나 보다. 단속을 한다고 하지만, 늘 이런 일들은 공교롭게도 순식간에 일어나버린다. 그 손님이 화를 냈다. 당연히 기분 나빴을 거다.

"죄송해요. 저희 아이가 장애가 있어서 그래요."

그 손님은 순간 놀란 듯 하다가 다시 화를 냈다. 상담이고 뭐고 빨리 집으로 돌아가고 싶었다. 우리를 상담해 주는 담당자에게도 양해의 말을 전해달라고 다시 한번 부탁했다.

"우리 아이가 자폐아인데 저 손님께 결례를 했어요. 제가 미안하다고 했는데 이따가 한 번 더 설명해주시면 감사하겠어요."
"어머, 그러셨군요. 사실 제 조카도 자폐예요. 항상 노래를 부르죠."
"우리 아이도 그래요."

상담을 끝내고 집으로 돌아오는 길에 생각했다.

'이렇게 마음이 쭈그러질 때일수록 더 당당히 단아를 데리고 다니자.'

우리 아이가 결례를 저지른 건 사실이지만 장애 아이라고 집안에서만 감옥처럼 갇혀 지내게 할 수는 없다. '장애'에 대해 무지한 채 나에게 화를 내는 저 사람도 결례라면 결례 아닐까?

오늘도 좋은 일이 오려나 봐

146

제발 많은 사람들이 우리 아이를 경험해 봤으면 좋겠다.
저렇게 귀엽고 사랑스런 아이가 어떤 마법에 걸려있는지,
이 사회가 그 마법을 풀어줄 수는 없는지.

<u>2019년 9월 23일</u>
태풍이 왔다 가면서 가을을 남겨두고 갔다.
바람이 제법 선선했다. 가족들과 함께 한적한 시골 마을을
걸었다. 모처럼 여유로움을 느낄 수 있었던 것은 단아가 빠졌
기 때문이다. 단아는 데이서비스에 보냈다. 엄마, 아빠, 인아
우리 세 사람은 연휴의 마지막 날을 '행복하자' 결심했다.

무의식의 추는 죄책감과 평화로움의 사이를 왔다 갔다 하
며, 엄마로서 어쩔 수 없는 마음의 저울질을 하게 만들었다.
순간순간 단아 생각에 속이 울렁거렸다. 하지만 즐거워하는
인아를 보면서 '그래, 우리도 이럴 권리가 있다'며 스스로를 토
닥거려야 했다.

우린 레스토랑에서 식사다운 식사도 했다. 평소에는 어디를
가든 항상 단아에게 맞춰 식사를 했다. 우동집 아니면 우동을
파는 스시 집, 그것조차 허락되지 않을 땐 차 안에서 편의점
음식들을 먹어야만 했다.

오늘은 단아 없이 행복해서 미안했다. 단아를 다시 만났
을 때, 만개의 미안함에 십 만개 정도의 고마움이 더해졌다면
거짓말일까. 죄책감을 접어두는 것은 남겨진 숙제일 테지만,
가끔 이런 시간을 갖으려고 노력하고 있다.

가을이 왔다.
한동안 끈적이던 피부를 가을바람에 말릴 수 있을 것 같다.
여름내 고단했던 마음도 산뜻하게 말려버리고 힘내자. 다시!

2019년 9월 24일

늘 엄마와의 수다 끝에 "아빠는 어떠시고?"라는 질문을 툭 던지는 것으로 딸의 도리를 끝내버렸던 나! 아빠가 백내장 수술을 했다는 문자를 받고도 뭐가 그리 바빴는지 문자 하나 못 보내다가 오늘 아침에야 아빠에게 전화를 걸었다. 아빠 눈은 좀 어떠시냐는 딸의 질문으로 시작한 전화는 단아의 안부로 이어지다가 딸 걱정으로 끝이 났다.

"그래, 단아는 좀 어떻고? "
"요즘 자꾸 이불에 오줌을 싸서 좀 그래."
"기저귀를 채우면 어떻겠냐? 영~ 안 달라지냐?"
"힘들게 뗐는데 또 채우기 싫어요. 3살 정도라고 생각하면 돼. 그래도 요즘에는 말귀를 좀 알아듣는 것도 같아."
"우리 딸이 고생이 많구나⋯⋯."
"그래도 건강하잖아. 그것만 해도 감사해. 아빠, 암튼 많이 움직이셔야 해. 안대 풀면 직장 다닌다 생각하고 많이 움직이세요. 그래야지 건강해."

이런저런 대화의 끝에 "아빠 사랑해." "우리 딸, 나도 사랑해."라는 말로 마무리 짓고 전화를 끊었다.

종종 전화 좀 드릴걸⋯⋯.

다음부턴 신나게 사는 엄마 말고 외로운 아빠를 위해 안부 전화 좀 넣어야지.

2019년 10월 8일

새벽 5시, 지진이라도 일어난 듯 집안이 심한 굉음과 함께 흔들렸다. 단아가 발을 쾅쾅거리며 울기 시작한 것이다. 무슨 이유 때문에 울었을까? 하지만 난 부끄럽게도 아이의 걱정에 앞서 주변 이웃들이 신고할까 봐 마음이 못생기게 찌그러져 버렸다. 몇 시간을 달래고 달래니 이미 하루가 시작되어 있었고, 단아가 겨우 진정됐을 때 인아를 깨웠다.

"엄마, 나 조금만 안아주면 안 돼?"
"늦었어, 빨리 일어나야 해! 엄마도 언니 때문에 못 자서 피곤해."
"사실 나도 그때 깨어 있었어!"
"그런데, 왜 안 울었어? 안 무서웠어?"

단아를 급히 달래야 하는 상황에서 매번 인아도 같이 울어버리는 바람에 천 배, 만 배 힘든 시간을 보내야만 했었다. 단아가 세상에서 제일 싫어하는 게 인아 울음소리다. 인아가 징징거리면 단아가 패닉이 되고, 두 아이가 나에게 달려들어 미친 듯이 울어대면 나도 남편도 모두 어떻게 할 수 없는, 그래서 지옥의 구렁텅이로 빠져버리게 된다. 그런데 오늘 처음으로 인아가 무서움을 참고 잤다. 덕분에 단아만 달래면 됐고, 지옥 입구에서 다시 유턴할 수 있었다.

그렇게 시작된 하루가 무사히 지나갔다.

매우 졸리다.

자야겠다.

2019년 10월 21일

아침부터 온몸에 파스 7장을 붙이고 홍삼정 3알을 먹었다. 어제 밤에 붙이고 잤으면 좀 개운 했으려나 후회했다. 아직은 30대인데 이런 내 모습이 웃기면서 쓸쓸하다.

초등학교 3학년 단아는 아직도 내 등을 좋아한다. 란도셀 (책가방)을 멘 아이를 업자면 내 무릎과 허리가 잘 받쳐줘야 한다.

어제 단아와 산책을 하며 생각했다. 아이와 함께 이렇게 햇살 맞으며 걸을 수 있는데 더 바라면 욕심이다. 이렇게 오래오래 함께 걷고 또 중간 중간 업어주려면 건강해야지!

2019년 10월 24일

화요일, 수요일, 목요일 아침 8시가 되면 '삥뽕'하고 벨이 울린다. 이동지원 선생님에게 단아를 맡기고 집으로 올라오면 잠깐 천국을 맛본다. 이동지원은 두 회사로부터 지원을 받고 있다. 수요일, 목요일에 지원해주는 회사에서 이번 달에 몇 번은 할아버지 선생님을 배정받았다. 아이를 맡기면서도 불안해서 집으로 올라와서는 안절부절못해 베란다로 나가 아이가 잘 가고 있는지 지켜본다.

할아버지 선생님 손을 잡고 걸어가고 있어야 할 아이가 보이지 않는다. 한참을 봐도 안 보인다. 불안한 마음에 아이가 걸어가고 있을 곳을 유심히 살펴봤다. 세상에! 할아버지가 내 아이를 업고 가고 있다. 한참을 그렇게 뚜벅! 뚜벅!

미안한 마음에 거실로 들어와 이 글을 쓰고 있으니 '무사히 도착했습니다(無事に到着しました)'라고 라인(모바일 메신저)이 들어온다. 감사하고 죄송하다.

2019년 10월 25일
비가 내린다.
폭우다.
오른쪽 골반이 심하게 아파온다.
아이에게 레인코트를 입혔다.
비가 와서일까?

아이도 컨디션이 좋지 않다. 업어달라고 떼쓰는 나만한 아이에게 "이제 못 업어 줘!"라고 딱 잘라 말하니 말 못 하는 아이가 골이 났다. 일단 너무 아프기도 했지만, 자꾸 업어주다간 걷지 못하는 날이 너무 빨리 올까 봐 두렵다. 그런 생각을 하면서도 결국 아이를 업고 비오는 거리를 걷는다.

여전히 비가 내린다.
아이를 데려주고 집으로 돌아오던 길. 차를 잠시 멈추고 빗소리를 듣는다. 빗소리가 배경음처럼 들린다. 와이퍼가 빗소리에 맞춰 흐릿해진 시야를 씻어내고, 다시 가려지고 다시 씻어낸다. 내 마음에도 와이퍼 하나 달아야겠다.

2019년 11월 1일
아이도 천천히
엄마도 천천히
학교에 가는 것보다
세상의 규칙을 지키는 것보다
아이 기분을 상하지 않도록
아이가 머리를 박지 않도록
아침도 천천히 먹을 수 있도록
오늘은 순조롭게 아침을 시작할 수 있었다.

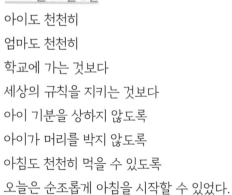

아이 얼굴을 내 배에 파묻게 한 채 머리를 빗긴다.
아침부터 인생의 쓴맛을 보기 싫다면 열이라는 숫자 안에
머리를 빗겨야 한다. 입으로는 하나, 둘, 셋, 넷을 말하고 있으
면서 그 짧고 텅 빈 순간, 방치에 가까운 우리 아이 교육은 이
대로 정말 괜찮은 것인지 잠시 고민한다.
역시 아이 교육보다 세상을 교육하는 게 차라리 낫겠다고
생각한다. 그러나 아이도 세상도 변하려 하지 않는데…….
언젠가 나 없이, 딸 혼자 남겨질 그 시간을 위해 뭐라도 해
야 할 것 같아. 정말 그래야 할 것 같다.

2019년 11월 9일
장애 아이를 가진 부모들의 삶을 보고 있자면, 하나 같이 정
말 대단하다는 소리밖에 안 나온다. 나도 애쓰고 발버둥거리
고 있지만, 가끔 내 아이는 상대적으로 방치되는 듯한 느낌에

반성하게 되고, 미안하게 되고, 죄책감까지 느낀다. 하지만 또 다른 누군가도 내 삶을 보고 반성하게 된다는 말을 하는 걸 보면, 장애라는 단어를 빼고도 엄마라는 존재가 애초부터 가족들에게 자신의 모든 걸 다 내어주면서도, 항상 미안하게 설계된 존재가 아닌가 싶다.

자폐 아이를 키우면서, 결혼 전에 복지관(발달장애 팀)에서 일했던 경험을 비춰보면 사회가 변하는 게 맞다고 생각한다.

일본에 와서 인상적이었던 것 중에 하나가 장애인들이 한국에 비해 꽤 안정적인 생활을 하고 있는 것처럼 보였다. 그때는 신혼 때라 단아를 낳기 전이어서 실제로 장애 복지에 대해 체감하기 전이었다. 장애 아이를 낳고 키워보니, 두 나라의 교육에 대한 장단점이 있기는 하지만, 확실히 많은 부분에서 일본의 복지가 안정적이다. 특히, 일본은 비장애 아이들에게 장애 인식 교육을 하고 있으며 수준도 높다. 그래서 장애에 대한 인식과 문화가 성숙하다. 그럼에도 불구하고 갈 길이 아직도 너무 멀다고 느껴진다. 현실에서 장애 아이를 양육한다는 것은 정말 상상하기 힘든 일이다.

난 내 아이를 자해와 타해가 없는 사회에서 살게 해주고 싶다. 이 사회가 서로를 아프게 하는 악순환에서 벗어날 수 있도록. 역시 사회가 변해야 한다. 장애에 대한 인식이 바뀌고 제도가 개선되어야 한다.

2019년 11월 18일

얼마 전, 단아가 벽에 머리를 박아서 뚫어 놓은 고통의 구멍을 본드와 강력 테이프로 막았다.

며칠 동안 커다란 구멍에서 나오는 강력한 중력이 날 잡아끌고 있었다. 내 영혼의 절반은 구멍으로 빨려 들어가 난도질을 당한 기분이었다.

고통의 순간으로부터 지혜를 다해 벗어나려고 발버둥치고 있지만, 상흔과 마주칠 때마다 '더 이상은 무리일까?'라는 생각이 발목을 잡는다. 그 순간은 또다시 지옥이 된다.

일단, 달리자.
고통으로부터 아득하니 멀어지자.

2019년 11월 19일

"집에 가서 라면 끓여줄까?"

교회에서 집으로 향하는 차 안에서 우울해하는 내 모습을 감지한 남편이 한 말이다.

단아가 라면이 없다며 생난리를 부린 게 바로 어제의 일이다. 아이를 부랴부랴 둘러업고 차에 태워 슈퍼에 가서 사 왔던 바로 그 매운 라면!!! 라면 한 개를 단아에게 끓여주고, 2개가 남아 있었다. 그런데 그 징글징글한 라면을 끓여주겠다는 남편의 말에 위로받고 힘이 나는 나. 참 아이러니하다.

라면 두 개를 끓여 단아 하나, 나 하나 먹었다. 그리고 지난 주 단아가 벽에 머리를 박아 뚫어놨던 구멍 하나와 어제 뚫어났던 구멍 하나를 라면 먹은 힘으로 모두 막았다.

"늪이 진흙 목구멍으로 빛을 삼켜버려 물은 잔잔하고 시커멓다.
… 죽음이 쓰라리게 뒹구는 자리에 또 삶의 씨앗이 싹튼다."
<가재가 노래하는 곳> 중에서

요즘 읽고 있는 소설의 한 대목이다. '어쩜 이렇게 아름답게 표현할 수 있을까?' 한편으론 사뭇 내 마음 상태를 대변해 주는 것 같아 몇 번이고 반복해서 읽어 내려갔다.

2019년 11월 20일
"엄마, 머리 풀어주세요"

단아가 머리 풀어달라는 말을 한다. 아주 정확한 발음으로 또박또박한다. 그 전에는 "머리"라고만 말할 수 있었다. "머리"라고 할 때마다 "머리 풀어주세요"라고 말하라고 가르쳐 주었다. 사실 "머리"라고 말하는 자체가 대견스러웠기에 그 말을 하는 순간에도 단아가 "머리 풀어주세요"라는 긴 문장을 말할 수 있을 거라곤 한 번도 생각해 본 적이 없다. 그런데 너무 신기하게 "머리 풀어주세요"라는 말을 가르친 지 2주 만에 온전한 문장을 말했다. 난, 내 귀를 의심했다. 단아는 그 이후에도 "머리 풀어주세요."라고 정확하게 말하고 있다. 그렇다고 다른 말을 할 수 있는 것도 아니다. 단아는 어떻게 저 문장을 말할 수 있게 된 걸까?

단아의 뇌는 미스터리 하다.

말은 할 수 없어도 K-pop, J-pop, 한국과 일본의 동요, 요즘엔 한국의 CCM도 다 섭렵하고 있는 듯하다.

저 아이는 어느 면에서는 열등하지만 어느 면에서는 몹시 우월하다. 어떻게 하면 단아의 멋진 세계를 구경할 수 있을까?

2019년 11월 27일

단아가 많이 아팠다. 한동안 고열에 시달렸다. 약을 못 먹이니까 좌약을 넣는 것이 최선이다. 좌약을 넣기 위해 애써야 했던 과거를 돌이켜 볼 때, 이번에는 순순히 엉덩이를 내어준 큰따님께 무한한 감사를 드린다.

치료를 받을 때 발버둥을 치다가 선생님의 중요 부위를 발로 찬 적이 있었다. 우린 그날 이후 블랙리스트에 올랐다. 우리가 병원에 출몰하면 간호사 선생님들이 007작전에 돌입한다. 불편한 마음 반, 송구스런 마음 반! 여러모로 눈에 띄는 우리 가족! 그럴 땐 멧돼지가 된 기분이 든다. 빨리 볼일 보고 사라지고 싶다. 그러니 아프지 말자, 우리!

2019년 12월 2일

중국어로 '공부'라는 말은 <무리하다>라는 뜻을 가지고 있다고 한다. 일본어도 옛날에는 지금 우리가 생각하는 '공부'의 의미로써 공부가 아니라 '무리한다'는 뜻에서 '공부할게요'라는 표현을 썼다고 한다.

비 오는 아침. 짐이 많은 월요일 아침. 아직도 업어 달라고 조르는 단아 때문에 허리가 끊어질 것 같은 아침. 아이가 멋대

오늘도 좋은 일이 오려나 봐

로 차에서 내리고, 뒤에서는 차가 달리고, 나는 아이를 낚아챈 후 비를 맞으며 아이를 업고 달려야 하는 아침. 아이를 교실로 데려다주고 차에 두고 온 가방과 짐을 챙기러 다시 터벅터벅 걷는 아침.

모든 게 무리스럽다.
하지만, 엄마가 되는 일은 매일매일 그렇게 차근차근 쌓지 않으면 되지 않는 일. 난 엄마가 되는 공부를 열심히 하는 중이다.

2019년 12월 3일
페달을 밟으면 앞바퀴에 달려있는 라이트가 켜지는 자전거를 둘째 딸에게 사줬다.
한번 밟으면 번쩍! 두 번 밟으면 번쩍!
페달을 돌리면 어두운 앞길이 밝아지고, 페달을 멈추면 빛이 사라진다. '작심하루' 같은 내 삶도 페달을 밟아 앞을 보고 또다시 결연한 마음으로 페달을 밟는다. 가끔은 앞이 보였다가 가끔은 어두컴컴하다.

힘을 내서 밟으면 된다.
앞으로 나가면 또 다른 앞이 보인다.
페달을 힘껏 밟자.

어제는 아이 혼자서 양치를 했다.
늘 칫솔을 씹기만 했던 아이가 엄마를 보며 그대로 따라했다.
아~ 평생 못 할 줄 알았는데……

2019년 12월 4일

아이 귀에다 "넌 특별해!" "특출난 아이야" "사랑해" 온갖 좋은 말을 속삭여줬다. 아이는 "거짓말이야."라고 말했다. 큰 소리로 그 말을 반복하다 웃었으므로 잘못 들은 게 아니었다. 기적이 반복되면 기적이 아닌 것이 될까? 난 다시 내 입술을 아이 귀에 대고 속삭였다.

"거짓말 아니야. 넌 정말 특별해! 난 널 정말 사랑해!"

2019년 12월 31일

건드려질 때마다 아픈 상처가 있다.
소설을 읽다가 미친년에 대한 묘사가 나왔다.

길거리에서 찐빵을 보고 냅다 달려드는 미친년.

난 정말 그 미친년 소리가 태어나서 처음으로 낯부끄러웠다. 아마도 몇십 년 전에 태어났다면 내 딸에게도 붙여졌을지 모를 '동네 바보' 또는 '미친년'. 이 한낱 가벼운 욕지거리가 내 마음을 이렇게까지 저리게 만들지 몰랐다. 우스꽝스러운 묘사 하나를 그냥 못 넘어가고, 너무 아파서 미안하다. 딸아.

숨기고픈 마음.
아픈 마음.
하지만 아픈 마음도 직면할 거다.
직면하다 보면 또 아무것도 아닌 게 될 거야.
그리고 이 소설 이 대목! 하나도 안 웃겨!

2020년 1월 6일

올해 초, 참 신기한 일이 일어났다. 늘상 하듯이 아이가 응가하는 걸 화장실 앞에서 지켜보다가 지루하기도 해서 별 생각 없이 단아의 목표 3개를 엽서에다가 적어 놓았다.

1. 손으로 먹지 않기.
2. 혼자서 응가 하기
3. 라면, 우동 대신 밥 먹기

솔직히 이게 될까 하는 의구심이 95퍼센트 이상이었다. 그런데 그날 아이는 이 엽서를 의식이라도 한 듯 옆에 놓여진 방향제 통으로 글자를 가리는 특이한 행동을 했다. 너무 귀여워서 피식 웃음이 났다. 엽서에 적힌 글씨의 의미를 알기라도 한 걸까? 하는 생각마저 들었다. 그날 저녁, 아이는 2년 만에 밥을 먹었다. 2년 전처럼 밥에다가 김을 싸서 두 그릇을 해치웠다. 그날 이후, 며칠 째 밥을 먹고 있다.

생각 없이 써 놓은 엽서 한 장의 기적이었다.

2
더 완벽함을 위한 실수

2020년 2월 3일

아이는 집을 나서기 전 "이불"이라고 몇 번을 말했다. 자신의 분홍 이불을 찾고 있는 것이다. 학교에는 못 가져간다며 설득했지만 아이는 이미 이불이라는 버튼을 눌러 버린 듯했다. 내가 외투를 가지러 간 사이 후다닥 자기 침대로 가는 소리가 들렸다. 아이는 진분홍의 이불을 가지고 나오고 있었다. 이불을 꼭 껴안고 한번 냄새를 깊게 맡아보고는 떼쓰지 않고 이불을 놓고 집을 나갔다.

나도 가끔 그런 날이 있다.
무언가를 꼭 안고 냄새 맡고 싶은 날이 있다.
그래서 자는 딸을 꼭 껴안을 때도 있고, 남편 발등을 밟고
올라서서 허리를 꼭 안을 때도 있다. 얼굴을 가슴에 파묻고 몇
발짝 살짝 걷고 있으면 행복이 몰려온다. 그리운 엄마 품과 또
어릴 때 만지며 잠들던 부드러운 아빠 귀의 감촉을 지금 내 가
족에게서 느끼고 있다. 아이에게 분홍 이불도 그런 것이겠지.

긴 시간 함께 하지 못해도 긴 시간 마음을 편안하게 해주는
존재. 그렇게 아이들의 분홍 이불이 되어 주고 싶다.

2020년 3월 5일

어제 치과 정기검진에서 단아의 어금니가 썩고 있다고 했
다. 그것뿐만 아니라 나와야 할 이가 나올 공간이 없어 못 나
오고 있다고 했다. 아빠는 손과 몸통을, 엄마는 다리를, 간호
사는 머리를 잡는다. 아프고 무서웠을 텐데 다행히 단아가 충
치 치료를 잘 참아 주었다.

단아가 4살 때 충치 치료를 하다가 마취도 안된 채 생니가
2개나 빠진 사건이 있었다. 우리는 조용히 병원을 옮겼다. 집
으로 돌아가는 차 안에서 남편에게 말했다.

"자식을 낳고 생명을 지켜나간다는 게 보통 힘든 게 아니네."
"아이를 낳고 키워 봐야지 어른이 되는 것 같아."

그래, 어린 우리가 만나서 사랑을 하고 조금씩, 조금씩 어른
이 되어가고 있구나.

단아야, 엄마와 아빠를 나이만 먹는 사람이 되지 않게 도와
줘서 고마워!

2020년 3월 18일
새벽 5시, 화장실에 가고 싶어 잠에서 깼다. 화장실에 가기
가 귀찮아 잠에서 덜 깬 몸을 웅크리고 있다.

"여보~ 단아가 이불에 오줌 쌌어. 좀, 도와줘!"

남편 소리가 건너 방에서 크게 울려 퍼진다. 그제서야 웅크
렸던 몸을 강제모드로 일으킨다. 아이가 샤워하는 동안 세면
대 위에서 옷을 빨고, 세탁기 안에 세제 한 덩이를 넣고 옷과
겨울 이불을 집어넣는다. 세탁기 안에 물이 가득 채워지기를
기다린다. 물이 가득 채워지고 몇 분을 윙윙거리고 나면 뚜껑
을 열어 이불을 손으로 푹푹 잠기게 한다. 방금 넣었던 세제
만으로는 성이 차지 않아 고농축 액체 세제와 베이킹 소다를
첨가한다. 샤워실에서 나온 아이를 닦아주며 "단아야, 다음엔
화장실 가고 싶으면 아빠를 깨워!"라고 말한다. 잠옷을 갈아
입힌다.

두 번 정도의 초벌 빨래를 마친 후, 이불 빨래 설정을 눌러
세탁기를 다시 돌린다. 남은 한 개의 이불과 방수 매트를 급
하게 닦아낸 타월 하나가 세탁기 앞에 줄 서 기다린다. 난 그

뒤에서 보초를 서고 있다. 지린내가 스미기 전에 모든 빨래를 마치고 싶다.

아이와 아빠는 다시 방으로 들어가 잠이 들고, 내 옆에서 자던 인아도 다행히 깨지 않았다. 새벽 6시가 훌쩍 넘었다. 나의 하루는 이렇게 시작되고 있다.

2020년 3월 20일

식빵을 미니 오븐에 2분간 돌린다.

단아가 그 사이를 못 기다리고 키리모찌를 냉장고에서 꺼낸다. 식빵이 뜨거움을 견디고 있는 사이, 난 물에 넣은 키리모찌를 렌지에 돌린다.

띵~

소리와 동시에 살짝 그을려 표면이 바삭해진 식빵을 여섯 조각으로 나눈다. 꿀을 뿌리면 옆에서 기다리던 딸이 재빠르게 가져간다. 과일의 껍질을 까듯 아이가 식빵의 겉 표면을 까먹는 사이, 이미 달궈진 프라이팬 위로 치즈처럼 녹은 키리모찌를 옮겨 굽기 시작한다. 흐물흐물했던 키리모찌도 형태를 갖춰가며 '겉바속촉'이 되어간다. 엎었다 뒤집었다를 반복하며 바삭함이 무르익을 때 키리모찌를 접시에 옮겨 먹기 좋은 크기로 잘라 꿀을 뿌린다. 식빵을 다 먹어가던 아이 곁으로 배달 완료!

바삭한 부분은 벗겨지고 촉촉한 부분만 남겨진 식빵의 잔해를 치워주며, 커다란 감자 한 덩이를 집어 얼른 씻는다. 껍질을 깐다. 반으로 싹둑 썬 감자의 편편한 면을 도마에 두고 얇게 그러나 씹는 식감은 살아있을 정도로 편편하게 썰어내 바로 프라이팬에서 굽는다. 마법의 소금을 뿌려 열심히 굽는 동안 아이가 떡을 잘 먹고 있는지 확인한다. 잘 먹고 있다.

오늘은 성공!! 아이는 감자까지 다 해치운 후, 옥수수 통조림을 내게 가져왔고, 마무리로 신라면 반쪽까지 먹었으니 어른이 먹어도 배가 터질 정도였다. 그 사이 남편을 위해 카레라이스를 만들었다. 인아도 자기를 위해 뭔가를 만들어 달라고 했으나 오늘은 그냥 카레를 먹으라고 달랬고, 고맙게도 오늘 아빠와 인아의 메뉴는 통일되었다. 대신 오레오 빙수로 마음을 달래주었다.

이렇게 식구를 위한 저녁 한 끼를 마친 후, 큰딸의 귀를 파주고, 잔뜩 쌓인 설거지를 하고, 빨래를 개어 넣고, 작은딸 매니큐어를 발라주고, 큰딸에게 책을 읽어주고, 작은 딸과 동화를 들으며 잠깐 잠이 들었다.

지금은 어깨와 허리가 부서질 것처럼 아프고, 밖의 바람 소리는 몹시 거칠다. 멍하니 앉아 스스로에게 행복을 묻는다. 뇌경색으로 쓰러져 입원해 계신 아빠를 생각하며 하루 종일 한숨 지었지만, 행복은 상황이 아니라 해석하는 능력이라고 결론지었다.

내가 행복한 상황인지는 모르겠지만 불행한 해석을 하고 싶지는 않다.

아이들이 잘 먹어줘서 고맙고, 건강해줘서 고맙고, 걱정할 수 있는 부모가 계셔서 고맙다. 그래, 나도 이 뜨거움을 잘 견

녀내면 겉은 단단하고 속은 부드러운, 그런 성숙한 사람이 될지 몰라. 내가 전부 타서 검게 변해 바스러지지 않도록 마음의 온도를 잘 조절하고 싶어.

2020년 3월 22일

그저께는 갑자기 단아 어금니가 빠지고, 어제는 단아가 현관에 있는 큰 거울을 깨뜨렸다. 어금니는 치과에 가서 치료를 받으면 될 일이고, 깨진 거울은 치우면 될 일이다. 일을 겪을 때는 당장 속상하고 다급하지만, 그 일이 우리가 서로 사랑하는 데는 아무런 문제가 되지 않았다. 여전히 아이 귀를 파주고 관자놀이에 뽀뽀를 해주며 "사랑한다" 말해주었다.

2020년 3월 31일

며칠 전 단아가 현관 거울을 깨뜨렸다. 깨진 거울은 잘 치웠지만 프레임은 너무 커서 쉽게 버리지 못했다. 며칠을 그대로 방치하다가 오늘 인아 만 8살 생일을 맞아 의미 있는 선물을 해주고 싶어서 인아와 함께 프레임에 그림을 그렸다. 주제는 '황금 자작나무'였다. 우리 인아 부자 되라는 마음을 듬뿍 담아 둘이 재미있게 그렸다.

때로는 실패하고 망가졌다 생각하는 지점에서 새로운 생각이 움튼다.

2020년 5월 1일

주문했던 물건이 도착했다. 20cm 정사각형의 캔버스다. 캔버스 가장자리에서 안쪽으로 1cm씩을 초록색 두꺼운 박

스테이프로 감싸줬다. 그림을 넣은 액자처럼 테두리를 만들어
주고 싶었다.

 팔레트가 보이지 않아 즉석 밥이 들어 있었던 플라스틱 용
기를 깨끗하게 씻어 물기를 탈탈 턴다. 아이랑 미술 놀이를 하
려고 며칠 전 미리 사다 놓았던 물감 몇 개를 아이에게 보여준
다. 진파랑색, 민트색, 노랑색, 핑크색이 선택되었다.

 팔레트가 된 플라스틱 용기에 아이에게 물감을 짜보라고
했더니 능숙하게 잘 짠다. 무엇으로 찍기 놀이를 할까 생각하
며 주방을 두리번거린다. 독일에서 온 친구가 선물로 줬던 길
고 둥근 발포 비타민 케이스가 눈에 띈다.

 “단아야 이렇게 찍어봐.” 하며 둥근 뚜껑을 캔버스 위로 콕
찍어 보인다. 초등학교 4학년 단아가 뚜껑을 손에 꽉 쥘 수 있
게 도와준다. “단아야, 어서 찍어봐.” 보통의 4학년이라면 유
치하다고 하지 않을 활동을, 난 3살 아이 가르치듯 조심스럽
게 알려준다.

 아이가 찍는다. 잘 찍는다. 아이가 멈칫거리면 손을 잡아 같
이 찍는다. 몇 번 찍지 않았는데도 충분히 멋진 작품으로 완성
되었다. 물감이 말려진 후 가장자리 테이프까지 뜯으니 진짜
그럴싸하다.

 둥근 모양이 제 각각의 얼굴로 보인다.
 조용히 앉아서 캔버스 위의 사람들의 표정을 구경한다. 참

다양해서 재밌다. 우리네 사는 모습 같다. 웃는 사람, 우는 사람, 무표정한 사람. 같은 뚜껑으로 찍었는데 어쩜 이렇게 다다른지.

우리 얼굴이 캔버스였구나.
감정이 찍혀진 캔버스.

2020년 5월 3일
요즘 단아랑 미술활동 하는 게 너무 즐겁다.
어제는 내가 안 본 사이에 두 아이가 초록색과 노란색을 믹스해 예쁜 연두색을 만들어 놨다. 버리기 아까워 바탕색으로 칠하게 한 다음, 어제 먹고 말려놓은 멜론 껍질을 활용해 아주 간단하면서도 그럴싸한 작품을 완성했다.

코로나로 힘들지만 미술로 극복 중~

2020년 5월 28일
단아가 순식간에 사라졌다. 단아를 영영 잃어버리는 것이 아닐까 아찔했다. 단아를 발견한 곳은 지하1층 누군가의 자동차 지붕 위였다. 높은 산 등반에 성공한 듯 자동차 위에서 자랑스럽게 앉아 있었다.

단아를 업고 꾸역꾸역 관리실로 가는데 퇴근하고 오는 남편을 만났다. 관리실에 협조를 구해 차 주인을 찾았다. 주인에게는 자초지종을 설명하고 죄송하다고 사과하며 배상하겠다고 했다. 그리고 집에 돌아와서 인아를 나무랐다. 솔직히 인아는 언니를 돌보기보다는 노는데 한눈파는 게 당연한 어린아이다. 결국은 도망가서 남의 차 위에 올라탄 언니와 그런 장애가 있는 딸을 잘 살피지 못한 엄마의 부주의가 만든 문제였던 것을.

나는 왜 인아 탓으로 돌렸을까?
인아야, 미안해!

2020년 7월 1일

3년 전쯤 현관문의 잠금 장치를 문 위쪽으로 하나 더 만들었다. 나도 손을 쭉 뻗어서 풀어야 하는 잠금 장치를 어느새 훌쩍 커버린 단아가 열고 나간다. 자꾸 나간다. 신발도 안 신고 후다닥 나가 버린다.

현관문을 나가면 엘리베이터가 4개. 어느 엘리베이터를 탔는지 도대체 몇 층에 있는지 눈앞이 까매졌다, 노래졌다, 새하얘진다. 정신을 붙들어 매지 않으면 아이를 찾을 수가 없다. 다행히 오늘은 엘리베이터를 타기 전에 찾았다. 혹시 내가 금방 뒤따라 나갈 수 없는 상황이었다면 난 또 긴 시간을 아이를 찾아 이리저리 헤매며 아이 이름을 부르고 있을 것이다.

2020년 7월 6일

우리 집 벽에 구멍 3호가 탄생했다.

사실 이번엔 벽이 아니라 옷장이다. 아빠에게 아이를 맡기고 타이어 교환을 하고 온 사이 옷장 벽이 뚫려 있었다. 웃으며 한마디 했다.

"우리 단아 덕분에 엄마는 공업사 사장님이 될 것 같아."

다행히 머리는 어디로 박았는지도 모르게 멀쩡해 보였다. 진짜 벽이 아니고 옷장 벽이라 그런지 확실히 벽 구멍 1호, 벽 구멍 2호에 비해 정신적인 충격이 덜 했다. 그땐 맥주를 안 까고는 버틸 수 없었다. 깨진 옷장 벽을 잘 수리해서 그 위에 그림이라도 그려놔야 할 것 같다.

엄마는 단아 덕분에 정말 많은 것을 배우는 중이다. 단아는 엄마의 삶의 태도를 끊임없이 주물럭거려 굳어지지 않게 멋진 작품이 되어갈 수 있도록 만들어주는 훌륭한 선생님 같다.

넌, 그런 특별한 아이다.

 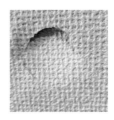 

구멍 1호(벽)　　　　구멍 2호(벽)　　　　구멍 3호(옷장 벽)

2020년 7월 18일
"모든 것을 할 자유, 아무것도 하지 않을 자유"

클럽 메드의 광고 카피다.

나에게 자유라는게 그닥 있나 싶을 때도 있지만, 어제는 하루종일 침대 위에서 모든 걸 포기하고 누워 있었다. 아무것도 못 할 자유였다.

'이러다 죽는 거구나' 싶을 정도로 많이 아팠다. 아침에 눈을 뜨면서 내 상태를 알았는데, 그 상태로 시체가 되어 오늘 아침까지 누워 있었다. 그래도 우리 둘째 딸과 남편이 큰 역할을 해줬다. 남편이 삼계탕을 싸들고 이른 귀가를 했을 때 서러워서 눈물이 났고 고마워서 눈물이 났다.

지금은 단아가 음악치료를 간 사이 수업 준비를 하고 있다. 몸은 아직 회복되지 않았지만 어쩔 수 없는 상황이 기운을 만들기도 한다. 난 모든 것을 할 수도 없고, 아무것도 안할 수도 없지만, 그 안에서 최대한 좋은 것과 옳은 것을 선택하면서 살고 싶다. 그런 자유라면 나에게도 충분히 있는 것 같다.

어제는 아파서 쉬었으니 오늘은 아파도 일을 해야지.

2020년 7월 21일
구급차에 실렸다.
병원에 도착해 바로 CT를 찍었다. 다행히 뇌에는 이상 소견이 없었다. 링거를 맞은 후 정신을 차려서 병원을 걸어나왔다. 어젯밤 그 난리를 겪고도 오늘 일을 했다. 우리 학생이 근무하는 병원으로 실려 갔던 것 같다. 혹시라도 알게 돼 걱정할까 봐 신경이 쓰였다.

의사는 이비인후과로 가서 꼭 진료받으라고 했다. 내 곁을

2

더 완벽함을 위한 실수

지켜주었던 교회 사모님이 이비인후과를 같이 가주겠다고 전화가 왔지만, 단아를 혼자 봐야 해서 병원은 가지 못했다.

택시를 타고 달려 온 남편, 침착하게 대처해준 인아, 촬영실로 이동할 때 내 손을 잡아 준 단아, 남편의 연락을 받고 달려와 주신 사모님, 나를 아껴주고 따라주는 나의 훌륭한 학생들, 연락받고 내내 기도해주신 우리 어머님.

다시는 그렇게 아프지 않기를…….
너무 무서워!

오늘도 좋은 일이 오려나 봐

2020년 7월 29일
저 두꺼운 강화 유리는 성인 남자가 깨려 해도 안 깨질 텐데!
차 내비게이션을 깬 지 며칠이나 됐다고, 선생님 안경을 부러뜨린지 며칠이나 됐다고, 남의 자가용 지붕에 올라탄 지 얼마나 됐다고. '저걸 또 깼니?'라는 말조차 생략한 채 단아에게 아이스크림을 먹인다. 다행히 단아는 다치지 않았다.

가끔 삶이 막막하지만, 아이를 나무라서 지금의 삶이 고쳐지지 않을 것을 안다. 오늘은 누구도 다치지 않은 걸로 감사하자!

2020년 7월 30일
새벽 4시.
아이의 오줌 싼 이불을 빨고 있다.

남편이 출장을 가면서 새벽 2시~3시에 오줌을 누게 하라고 그렇게 일러주었건만, 왜 나는 홀린 듯 알람을 새벽 4시로 맞춰 놓았을까?

아빠가 없으면 잠을 못자는 단아가 아빠를 오래도록 찾았다. 잠을 안자고 거실과 방을 스무 번은 오고 가는 사이에 바닥에 물 쏟기, 냉장고 문 열어 놓기, 싱크대에 밥 버리기 등의 취미 활동을 충분히 한 상태였기에 나는 몹시 지쳐있었다.

밤 12시 넘어 잠들기 전에 화장실을 보냈기에 설마 두 시간 만에 또 싸겠어? 하고 안심했다. 그래서 새벽 4시에 알람을 맞춘 것이다. 남편 말 들을걸…….

2020년 8월 5일
고대시대에는 원숭이 잡기가 어렵지 않았다. 사냥꾼은 그저 숲 속으로 들어가 돌아다니다가 잘 익은 코코넛을 찾아내서 원숭이 손하고 똑같은 크기의 구멍을 뚫는다. 그런 다음 달콤한 단물은 마시고 부드러운 과육은 먹어 치우면 된다. 코코넛을 먹고 나서는 속 빈 코코넛을 굵은 줄이나 가죽끈으로 나무에 동여맨다. 그리고 마지막으로 코코넛 속에다 바나나를 넣어두면 그걸로 끝. 사냥꾼은 그 길로 집으로 가면 된다.

<시끄러운 원숭이 잠재우기> 라는 책의 일부분이다.
이 이야기의 끝은 누구나 쉽게 상상할 수 있을 것이다. 바나나를 놓고 도망가면 될 것을 사냥꾼이 와도 원숭이는 자기가 발견한 그 바나나를 빼앗기지 않기 위해 발버둥 친다는 것이다.

'내꺼' 라는 것의 마음이 그렇다.
아이는 내게 온 방문객일 뿐인 것을⋯
내가 낳았다는 이유로⋯
장애가 있다는 이유로⋯
더더욱⋯

나에게 아이는 작은 구멍이 난 코코넛 속에 들어있는 바나나같은 존재가 되어 있다.

내려놓자!

남편이 아이를 안은 채 아이의 신발을 신겨달라고 했다.
나는 남편에게 아이를 내려놓고 스스로 신발을 신게 해달하고 말했다. 아이는 서툴지만 스스로 신발을 신었고 우린 기다렸다.

'사랑은 해주는 게 아니라 기다려주는 것이 아닐까?' 하는 생각이 든다.

2020년 8월 10일
어제 일이다.
슈퍼에서 아이가 없어졌다. 급한 마음에 아이를 찾는데 케이크 가게 앞에서 케이크를 외치고 서 있었다. 어이가 없어 사준다고 달래며 평소에 좋아하던 딸기 조각 케이크를 살까 했는데 아니란다. 평소에는 먹지도 않는 둥근 초코케이크를 콕 찍으며 그걸 사달란다. 고기 집에선 들어가자마자 마블링 가

172

득한 소고기 랩에 구멍을 뚫어 놓고 그걸 사달라더니……
어이없어 곰곰이 생각해 보니 내일이 단아 생일이다.
자기 생일을 알고 있나 싶어 소름이 돋았다. 집에 돌아오자
마자 고기를 구워라, 빨리 케이크에 불을 붙여라 조르더니 급
기야 생일노래까지 시켰다. 그리고나서 사 온 아이스크림 한
박스를 다 뜯어 먹고, 더 사달라고 해서 또 사줬다. 이렇게 단
아의 열 살 탄신일 전야제를 했다.

'그래. 단아야. 네 것은 그렇게 네가 챙기며 살거라!'
뭐든 모를 것 같은 너는 의외로 뭐든 알고 있구나.

2020년 8월 19일

<센과 치히로의 행방불명>에서 '치히로(千尋)'라는 이름에
서 '尋' 히로라는 한자를 빼면 '千' 센이라는 단어만 남는다. 치
히로는 자기 이름의 반쪽을 빼앗긴 채 한동안 센으로 살게 된
다. 센이 다시 치히로라는 이름으로 살수 있게 된 이유는 히로
'尋'(찾을 심)라는 자신의 이름을 잊지 않고 되찾았기 때문이
다. 만일 센이 노동하는 바쁜 일상에서 자신의 이름을 서서히
잊어갔다면 평생을 유바바의 종처럼 살았겠지. 그리고 하쿠처
럼 결국엔 버려졌을 것이다.

실제 인생에서도 내가 나를 찾지 않으면 누군가가 나를 가
져다 쓴다. 남편도 내 인생을 가져다 쓰고, 자식도 내 인생을
맘대로 풀어헤쳐 놓고! 그게 직장 상사가 될 수도, 가족이 될
수도, 가장 친하다고 생각하는 친구가 될 수도 있다.

인생을 살다 보면 죽어라 열심히 살면서도 이게 내가 아닌데, 이 인생이 내가 바라던 인생이 아닌데 할 때, 자기 이름의 반쪽을 분실하지는 않았는지 점검해야 한다. 그리고 악착같이 자기의 이름을 기억해야 한다.

내가 나를 안다는 것 하나만으로도 돼지처럼 사는 누군가를 구해낼 수도 있고, 가오나시가 건네는 금덩이에도 유혹되지 않을 분별력이 생길지도 모른다.

아이가 지브리 애니메이션을 즐겨본다. 때마침 가까운 곳에서 전시회를 하고 있어 함께 다녀왔다.

나도 나를 되찾아 가려던 목적지에 잘 도착하고 싶다. 요즘은 2/3쯤 사라진 내 이름을 찾으러 허공을 더듬고 있는 중이다.

가끔 그런 생각을 한다.
인생은 자기의 이름 조각을 주우러 온 여정 같은 게 아닐까?

2020년 8월 21일

단기 입소시설 서류 절차로 구청에 다녀왔다. 10년 후를 미리 바라본다. 스무 살이 되면 단아는 성인이 된다. 고등학교 졸업 후 갈 곳이 사라질 것이다. 취업을 한다는 보장이 없고 부모가 24시간 함께 있기에는 너무 벅찰 것이고, 나는 늙어갈 것이다. 아이도 독립을 해야 한다.

내가 함께해줄 수 있는 기간은 앞으로 10년! 난 아이를 독립시킬 것이다. 10년 동안 엄마랑 떨어지는 연습을 조금씩 해 나갈 것이다. 1시간씩 늘리면서 조금씩 엄마가 아닌 다른 사람들과 어울리며 사는 연습을 해 나갈 것이다.

친인척도 없는 일본 땅에 단아 혼자 두고 어떻게 죽냐 하겠지만, 난 걱정 없이 죽을 준비를 오늘부터 시작했다. 그게 뭐가 되었든 만반의 준비를 해놓은 상태에서 편히 눈 감으리.

2020년 9월 3일
완벽한 것이 아름다울 것 같지만 사실은 완벽하지 않은 것 앞에서 더 오래 서성이게 된다. 그리고 깨닫게 되는 것이다. 아름다움을 느끼는 것은 정의할 수 없는 무엇이라는 것을.

나였으면 붓 자국을 남기지 않으려고 했을 것이다.
나였으면 선을 넘기지 않으려고 했을 것이다.
나였으면 두 색을 섞으려 하지 않았을 것이다.

나에게 단아의 작품은 늘 깨달음을 준다.
'괜찮다'라는 깨달음과 위로.

2020년 10월 5일
단아가 목이 말랐는지 물을 따라 마시고는 자기 컵에 남아 있는 물을 테이블 위에 주르륵 쏟아 버렸다. 테이블 위로 쏟아진 물은 그대로 바닥으로 흘러내렸다. 서둘러 타월로 젖은 바닥을 닦고 있자니 갑자기 하루에도 수없이 반복되는 일들에 화가 났다.

사실 화가 난 진짜 이유는 조금 전에 일어난 일 때문이다. 단아가 자기 무릎에 난 상처 딱지를 손으로 다 뜯어서 흐르는 피를 흰 이불에 문지르고 있었다. 아이가 자해를 하는 것도 속상했고, 아이의 그 모습을 보면서 쉽사리 몸을 움직이지 못하고 있는 나에게도 화가 났다.

그 순간의 화를 참지 못하고 아이에게 화풀이를 했다. 아이는 라면을 먹다가 매워서 스스로 물을 마시려고 기특한 일을 한 것 뿐인데 혼이 난 것이다. 쓰레기를 버리고 온 남편이 라면을 먹고 있던 아이가 안보이자 "아이는 어디 있냐?"며 나에게 물었다. 남편이 방으로 가서 아이를 달랬다. 아이는 이내 곧 내 품으로 들어오고 싶어 내 주위를 서성이며 눈치를 보는데 그 모습조차 너무 속이 상했다. 죄책감과 속상함이 다시 물밀듯 몰려온다.

2020년 10월 13일
남편과 데이트를 했다. 히쯔마부시도 먹었다.
히쯔마부시는 나고야 명물이다. 모르는 사람들은 장어덮밥이라고 말하지만, 엄밀히 말해서 그냥 장어덮밥은 아니다. 장어를 네 등분해서 한 등분은 그냥 먹고, 한 등분은 와사비와 김 가루, 잘게 썬 파를 넣어 비벼 먹고, 또 한 등분은 오차즈케(녹차를 우려낸 물에 밥을 말아먹는 일본 음식)로 먹고, 나머지 한 등분은 세 가지 방법 중에 가장 맛있던 것을 골라 먹으면 된다.

식사를 마친 후 단아 단기 입소시설 견학을 갔다. 우리 둘

176

중 누구 한 사람이라도 아프거나 다급한 일이 생긴다면 잠시라도 단아를 맡아 줄 곳이 필요할 것 같다.

역사는 기록되어야 한다.

힘 있는 자들의 입장에서가 아니라 힘 없는 자들의 입장에서 더욱 기록되어야 한다. 힘 없는 이들은 기록의 자유조차도 빼앗기는 경우가 허다하다.

세월호도
해고노동자도
소방공무원의 일도 그랬다.
이해받지 못하고 왜곡되는 경우가 허다하다.

나의 10년 간은 기록할 여유조차 사치였기에 진짜 힘든 시기의 기록을 남기지 못했다. 지금이라도 나의 아픔들을 게으르지 않게 기록하고 싶다.

일상이 되어버린 아이의 뒤치다꺼리를.
남들도 다 그렇게 산다는 거짓말을.
너의 고통은 나와는 상관없는 일이라고 내팽개치는 이 사회의 폭력을.

'도대체 누가 발달장애 부모들처럼 사는데?'
그런 말을 할 때 "알긴 아는 거야?" 난 입버릇처럼 말한다.
'절대 모르지. 그걸 지네들이 어떻게 알아.'
순식간에 곤두박질쳐진 삶의 무게.

무시무시한 현실.
정말이지 모든 게 쉽지 않다.

내일의 사회는 오늘의 사회보다 조금이라도 더 좋아지기를
진심으로 소망한다.

2020년 10월 16일

오후 5시에 걸려올 전화가 4시에 걸려온다는 건 불길한 징
조다. 불길한 예상은 적중했다. 아이는 얼굴과 손목이 시뻘겋
게 부어올라 있었다. 혼자서 벽에다 얼굴을 박았다고 했다.

선생님들을 믿는다.
하지만 손목은 단아가 한 것은 아닐 것이다.
선생님들이 흥분하는 아이를 말리려다 손목을 꽉 잡고 힘을
줬기 때문에 부었을 것이다.

아~
깊은 곳에서부터 신음이 올라와도 입 밖으로는 뱉지도 못한
다. 2시간 동안 드라이브를 하며 아이스크림과 치킨으로 아이
를 달래본다.

의심은 좋지 않다.
선생님이 나를 의심하는 듯 떠볼 때 나 역시도 기분이 좋지
않으니까. 우린 아이를 위해 서로 최선을 다하고 있다. 조금
더 신경을 써 달라고 부탁해 보는 수밖에.

아이 상처가 나으면서 나의 아픈 기억도 나았으면 좋겠다.
우리 단아가 말을 할 줄 알면 물어볼 수 있을 텐데……
기분이 왜 나빠졌을까? 배가 고파서 그랬나?

선생님들도 정말 힘들 것이다.
감사하는 마음을 갖자!

2020년 10월 21일
알림장을 읽었다.
선생님에게 "츄" "츄" 하면서 하루종일 뽀뽀를 하려고 했다
며 '왜 그러는 걸까요?'라고 적혀 있었다. 내가 한 달간 밀린
뽀뽀를 며칠간 퍼붓기는 했다. 한동안 기침이 나와 집에서도
마스크를 하고 특히, 약도 못 먹는 단아와는 거리를 두었다.

사랑스런 우리 단아, 엄마 뽀뽀가 좋았구나.
볼 뽀뽀는 엄마하고만 하자. 선생님 당황하신다.

나에겐 참 사랑스럽기만 한 행동들이 조금씩 커가면서 문
제(?)가 될 수 있다는 것에 씁쓸하기도 하고 아직은 어려서 다
행이다 싶기도 하다. 이제는 엄마 볼 뽀뽀도 줄이지 않으면 안
되겠구나 하는 마음에 몹시 아쉽고 서운하다.

사회복지사를 할 때 고학년이 된 아이들의 2차 성징을 많이
봐 왔다. 나 또한 부모들과 아이들의 행동에 관해 상담을 했
었다. 그런데 단아가 벌써 그런 나이가 되었다는 게 믿겨지지
않는다.

2020년 10월 22일

이른 아침, 침대에서 기지개를 켜다가 오른쪽 종아리 근육이 심하게 뭉치면서 순간 극한 고통을 느꼈다. 살려달라는 외침에 거실에 있던 인아와 다른 방에 있던 남편이 놀라서 달려왔다. 뭉쳤던 근육이 풀리면서 통증이 사라졌다.

그 순간, 우리 단아는 표현도 못 하고 얼마나 많은 아픔을 홀로 견뎠던 걸까?라는 생각이 불쑥 튀어올랐다.

징징거리며 울고, 머리를 박고, 몹시 나를 힘들게 했던 그 순간, 혹시 단아는 고통을 견디느라 그랬던 건 아니었을까? 자기 머리를 벽이 뚫어지도록 박아댔던 것은 더 극심한 고통을 분산시키기 위한 자기만의 극약처방은 아니었을까?

피나고 눈에 보이는 상처야 내가 감싸준다지만 보이지 않는 고통, 표현되지 않는 고통은 어떻게 견뎌 왔을까?

잠자고 있는 단아를 꼭 안았다.

눈물이 났다.

고통을 안고 사는 딸이 안쓰러웠고, 시퍼렇게 멍들어 있는 아이 무릎이 익숙해진 내 무던함이 미안했다.

단아가 눈을 뜨며 귀를 파달란다. 귀를 파달라며 내 머리카락을 잡아당긴다. 아이는 귀를 파달라고 무한반복 했고 나는 아이에게서 도망치며 하루를 시작한다.

2020년 11월 6일

폭력적인 아버지 때문에 바람 잘 날 없던 어린 시절을 보냈다.

오늘도 좋은 일이 오려나 봐

불화로 이혼에 이른 부모 밑에서 자란 외동딸의 기억엔 단란한 가정은 없었다. 게다가 선척적인 고도근시를 앓았기 때문에 작품을 통해 표현되는 어린 시절은 늘 어둡고 폐쇄적이다. 아이러니하게도 이러한 부조리는 소설가로 성장하는데 밑거름이 되어 주었다.
<나다운 일상을 산다> 중에서

작가 소노 아야코의 이야기다. 몸에 난 뾰루지가 자꾸 신경 쓰여 자기도 모르게 만지작거리게 되는 것처럼 나는 마지막 문장을 곱씹고 있었다.

현재, 그녀의 남편은 죽었지만 3년 전까지만 해도 80대 노인이었던 그녀는 90대 남편을 간병했다. 그러한 상황속에서도 왕성한 작품 활동을 했고, 현재까지 81편의 작품을 썼다. 아마 지금도 펜을 잡고 있을지 모르는 그녀의 나이는 90세다.

나는 그녀의 삶 앞에서 아무런 핑곗거리가 없어진다.

2020년 11월 26일
아이들 치아 치료를 위해 치과에 갔다.
불소 치약만 바르고 치료는 다음에 하기로 했다.

단아 힘이 장사다.
아빠, 엄마가 아이의 몸을 꽉 붙잡아도 너무 쉽게 일어나 버린다. 민망한 아빠가 선생님께 "아이 힘이 너무 쎄졌지요?"라고 말하니 선생님은 기다리기라도 한 듯이 다른 병원을 소개해주겠다고 했다. 장애 아이를 대상으로 하는 병원이라고도

2
더
완벽함을
위한
실수

덧붙였다. 그 순간, 숨막히는 정적이 흘렀다.

이 병원에 올 때도 그랬다. 장애 아이를 치료하는 선생님이라고 소개를 받고 왔었다. 선생님도 신체장애가 있어 치료에서 소외되는 우리의 마음을 잘 알 거라 생각했고, 몇 년 동안 두 달에 한 번씩 정기 검진을 꼬박꼬박 받으러 다녔다.

"단아가 적응하는데 시간이 많이 걸리니 다음 예약은 여기에서 할게요."

남편의 단호함이 없었더라면 난 며칠 울었을 것이다.
내팽개쳐진 마음이, 오갈 곳 없는 마음이 서러웠다.
그리고 남편의 단호한 그 한 마디가 참 고마웠다.
선생님도 오죽 힘들었으면 그런 말을 꺼냈겠냐마는 나도 더 이상은 쫓겨나고 싶지 않다.

그 와중에 둘째 인아는 혼자서 야무지게 충치 치료를 마무리했다.

<u>2021년 1월 1일</u>
한 해의 마지막 밤.
꾸역꾸역 올라오는 불행한 감정을 꾹 눌러 담고 식구들에게 올해도 수고했다는 말을 건넸다. 새해에 대한 기대보다 어떻게 견딜지에 대한 두려움이 목을 조르는 듯했다. 실오라기 같은 신앙의 끈으로 송구영신 예배를 틀어놓은 채 잠이 들었다. 밤새 악몽을 꾸다가 새벽 알람 소리에 눈을 떠 베란다로 나갔다.

오늘도 좋은 일이 오려나 봐

"아, 올해의 첫 빛!"

계속 행복한 사람도 계속 불행한 사람도 없다. 다만, 그 행복과 불행을 어떻게 대하느냐가 그 사람의 성품과 삶을 차이 나게 하는 것이 아닐까? 올해의 마음가짐과 1월의 목표를 엽서에 적었다.

2021년은 무얼 해서가 아니라 뭘 해도 행복한 한 해가 되고 싶다.

아참, 어제의 꿈은 식구들 주려고 아주 큰 홍합을 해감하고 있는데 그 안에서 자라들이 나오는 꿈이었다. 무서워서 소리를 꽥꽥 지르는데 그 자라를 단아가 쏙 건져 올려 입에 넣으려고 했다.

2021년 1월 15일
전화기 너머로 아이 우는 소리가 들렸고, 데이서비스 선생님은 지금 당장 아이를 데려다주겠다고 했다.

단아는 오늘 아침에도 일어나자마자 벽을 쾅쾅 치고, 자기 다리로 자신의 또 한 다리를 치고, 동생에게 박치기를 하면서 울었다. 분명히 무언가 속상한 일이 있을 것이라는 생각이 들었다. 단아 다리를 주물러주며 알아듣던 못 알아듣던 말을 계속 했다.

"단아야! 무슨 일이 있었니? 엄마, 아빠 무조건 단아 편이야!

무슨 일이 있는지 안다면 당장이라도 해결해줄 텐데. 너무 속상하다. 단아야, 그림이라도 그려서 알려줬으면 좋겠어."

물론, 아이가 그렇게 해줄 수 없다는 것을 알면서도 엄마의 마음을 전했다. 그리고 기도해줬다. 단아에겐 엄마, 아빠가 있다는 것을 반복해서 말해줬다. 아이는 울다 말다 하며 내 이야기를 들었다. 결국 아이는 자신의 화를 등교할 때 로비에 놓인 화분을 엎어버리는 걸로 표현했다.

속이 상할 때마다 "제발 사람답게 살자"고 내뱉는 내 한 서린 말이 오늘 아침에 남편 입에서 흘러나오는 것을 듣고 순간 마음이 복잡했다. 아이를 어떻게든 도와주고 싶은데 나는 더 이상 여력이 없다. 하지만 이대로도 안 되겠다는 생각이 든다.

아이랑 조금 더 구체적인 의사소통을 하고 싶다. 아이가 무엇 때문에 힘들어하는 건지, 어떤 감정을 품고 있는 건지 간절히 알고 싶다.

내 삶에서 무엇을 더 빼내어야 아이를 더 적극적으로 도울 여력이 생길까?

2021년 1월 27일

인아는 중학교 입시 학원에 들어가려고 분주하고 언니 단아는 세상 편하다. 세상 편하다고 하지만, 단아도 나름 학교와 데이서비스에 다니며 매일의 삶을 채우고 있다. 언니와 동생의 삶은 달라도 너무 다르다. 누구의 삶의 방식이 더 좋은 건지 나쁜 건지 사실 나도 잘 모르겠다.

단아를 지키기 위해 몇 배는 더 열심히 살아야 한다는 의무
감 때문일까? 자꾸 인아에게도 적지 않은 부담을 주고 있는
나를 발견한다. 그런 내 모습 진짜 별로다.

2021년 3월 1일
"단아야~ 엄마 물건 어디에 놨어?"

몇 번을 물었다.
물건이 없어졌다고 했을 때, 남편도 웃으면서 "범인은 한 명
이지."라고 말했다.

3일 동안 감쪽같이 사라졌던 그 물건을 남편이 찾았고 우리
는 그 물건을 단아가 숨기지 않았음을 알았다.

절대 하지 말아야 할 행동을 엄마, 아빠가 하고 있었다.

2021년 3월 2일
마트에서 장을 보고 나오는데 장대비가 내렸다. 비를 피해
가며 후다닥 차에 탔다. 비에 젖어 우울한 마음을 식은 커피
와 샌드위치로 잠시 달래고 있는데 노부부가 쇼핑 카트를 밀
며 주차장에 세워져 있는 자신들의 차로 걸어가는 모습이 눈
에 들어왔다. 비를 다 맞으면서도 뒤뚱뒤뚱 천천히 걸을 수밖
에 없는 눈앞의 노부부도 젊었을 땐 뛰었을 것이다.

운이 좋으면 나도 저런 날을 살겠지. 모든 사건과 사고가 나를 피해 가서 내가 오래 살게 된다면 비를 맞으면서도 뛰지 못하는 날이 오겠지.

그때도 단아는 나에게 업어 달라 졸라댈까?
그때도 아이 입에 무언가를 넣어주기 위해 안간힘을 쓰며 살아갈까?

단아를 보면 솔직히 도망가고 싶어!
이런 내 마음이 치가 떨리게 싫어!
단아를 버거워하는 선생님들도 가끔은 미워!

이런 마음과는 달리 장바구니엔 단아가 좋아하는 음식들로 가득 채웠다. 아이쿠! 아이스크림 빼먹었네. 다시 들어갔다 와야지.

2021년 3월 8일
아버지는 사람들에게 루크 오빠가 그냥 아프다고 말하라고 했다. 루크 오빠의 다리에 대해 정부가 알게 되면 문제가 생길 것이고, 루크를 병원에 입원시킬 것이고, 거기에서 감염이 돼서 오빠는 죽을게 뻔하다고 했다.

<배움의 발견> 중에서

이 책을 읽어 본 사람은 알겠지만, 결국 루크는 화상으로 모든 살이 다 사라졌어도 진통제 한 방 맞지 못한 채 오랜 시간을 비명을 지르며 참아야 했다.

부모의 무지가 아이들에겐 얼마나 큰 폭력이 되는지 단 한 번도 생각해 본 적이 없었다. 그리고 지금은 내 무지와 잘못된 신념이 아이를 망치고 있는 건 아닌지 잠시 되돌아보았다.

중요한 것은 무지는 뭐가 틀린지도 모르는 것, 즉 무지한 자신에 대해 무지한 것이기에 무서운 것 아닐까?

내가 사랑이라고 흘려주는 모든 것이 아이에게 폭력이 아니기를 진심으로 바란다.

2021년 3월 11일
"때려서 미안해라고 해 봐."
"사랑해라고 해 봐."

단아 손을 붙잡고 단아 머리를 쓰다듬었다.

단아는 오늘 자기 자신을 몹시 심하게 때렸다.
자가용 뒷좌석에서 자기 머리를 창문에 부딪히며 울었다.

나도 울고 싶었다.

"단아야! 자기를 때리는 건, 다른 사람을 때리는 것처럼 나쁜 행동이야. 절대 해서는 안 돼."

아이가 알아듣던지 못 알아듣던지 계속 말한다.

지옥 같다.
너무 괴롭고
너무 슬프고
견딜 수가 없다.

2021년 3월 14일
바람이 불면 나무는 흔들리지 않을 재간이 없다.
강바람이 지나가는 길목에 서 있는 저 나무는 잔잔한 날 없이 매일 흔들린다. 아프겠다 생각하면서도 한참을 바라볼 뿐이다.

사람들도 가끔 나에게 묻는다.

"많이 힘들지?"

애처롭게 보는 눈은 있어도 나 대신 흔들려줄 사람은 아무도 없다는 것을 안다.

이제 아이가 너무 커서 함께 산책하는 것도 버겁다.

2021년 3월 23일
지금 여기는 아일랜드다.
내가 일주일간 묵을 곳은 절벽 위에 세워진 '스톤하우스'라는 곳이다. 대서양 연안을 바라보며 맛있는 음식도 먹고 산책도 할 수 있을 것이다. 무엇보다 펍에 가서 흑맥주와 아이리쉬 커피를 먹으며 음악을 들을 수 있다니 벌써부터 기대된다. 스타 부인이 역까지 마중 나와 주었다. 사람을 참 편안하게 해주는 사람인 것 같다. 아주 조용하고 여유롭지만 흥분되는 시간의 연속이 될 것이다.

지금은 잠시 상상의 힘이 필요하다. <그 겨울의 일주일>이라는 책을 읽고 있고, 난 그 소설 안으로 잠시 들어가서 스타 부인이 운영하는 스톤하우스에서 아주 잠시 쉬다 왔다.

어제는 아이가 두 시간 가량을 울며 벽에 머리를 박았고 결국 벽의 한 부분이 깨져버렸다. 아이는 이마에 시퍼런 멍을 가지고 등교했다. 아이가 왜 패닉이 되었는지, 왜 그렇게밖에 분노를 표출할 수밖에 없었는지 알 수 없다.

난 오늘 오전에 일을 끝내고 오후에는 망가진 벽을 고칠 생각이다.

2021년 4월 2일

가족 여행을 왔다. 아빠와 인아는 부엉이와 고슴도치를 만질 수 있는 체험샵으로 들어갔다. 단아와 나는 벤치에 앉거나 그 주변을 서성거렸고, 신비한 무늬의 악세서리를 파는 샵으로 가려고 하는 단아를 주의시키면서 30분 정도를 기다렸다.

한 아저씨가 우리를 계속 유심히 바라보더니 우리에게 조그마한 악세서리를 건넸다. 예쁜 팔찌였다. 알고 보니 그 악세서리샵의 사장님이었다.

맨발로 흙을 밟고 다니는 단아를 본 건지, 단아를 업거나 어르고 달래며 힘들어하는 나를 본 건지, 아니면 우리 둘을 본 건지 모르겠지만, 나는 그 '건네는 마음'이 아이를 바라보는 귀여움이든, 조금의 동정이든, 아니면 위로나 응원이든 기꺼이 '고마운 마음'으로 받아들였다.

받아들일 건 기꺼이 받아들이고, 건넬 것은 용기 있게 건네는 사람이 되고 싶다.

2021년 4월 15일

어른이 된 나는 아이와 산다. 나의 내면에도 아이가 산다. 늘 누군가에게 기대고 싶어하는 어린 아이 말이다. 하지만 기댈 곳이 없다. 기댈 수도 없다. 이제는 진짜 어른이니까. 어른은 아이들이 기댈 수 있는 기둥 같은 존재니까. 내 딸들이 기댈 수 있도록 버텨 줘야 하니까. 그런데 나는 정말이지 너무 기대고 싶다. 내 속의 아이가 힘들다고 더 이상 못 견디겠다고 아우성칠 때가 많다.

누군가에게 기대고 싶은 날에는 묵묵히 책을 읽는다. 우울하고 반항하고 싶은 날에도 책을 읽는다. 기댈 수 있는 존재가 없어도 스스로 든든한 어른이 되어야 하니까.

마구마구 기대고 싶은 욕구가 하늘을 찌르는 요즘이다. 누구 없을까? 날 받아줄 사람 아무도 없을까? 그냥 묵묵히 책이나 읽어야겠다.

오늘도 좋은 일이 오려나 봐

2021년 4월 19일

안목이라는 건 남들이 못 알아볼 때 먼저 알아보는 것이다. 그래서 좋은 안목을 가지고 투자하면 성공한다. 난 우리 단아가 멋진 미래를 살 수 있다고 생각한다. 멋진 미래를 사는 단아와 함께 한다면 내 인생도 멋질 것이다.

난 그녀의 투자자가 되고 싶다. 그리고 끝까지 믿어주고 싶다. 우리는 함께 성장할 것이다.

2021년 5월 18일

오늘 단아의 운동회가 있었다.

타인의 시선에 많이 익숙해졌지만, 여전히 제자리걸음을 하는 현실과 마주하게 될 때 아픔 또한 여전했다.

거짓말하고 싶지만 거짓말하고 싶지 않다. 다시 표현하자면 "아프지 않다, 괜찮다."라고 쿨하게 말하고 싶지만 용기내어 말하자면 "아프다, 안 괜찮다."

단아는 중학교를 특수학교로 가야 한다. 특수학교로 가면 비장애 아이들과의 생활은 끝이다. 따로 분리된 사회를 경험하게 될 것이다. 상상만 해도 아프다.

2021년 5월 30일

뒤에서 이상한 소리가 들렸다. 아니 괴상한 소리가 빠르게 가까워졌다. 아니 익숙하거나 친근한 소리, 아니 회피하고 싶은 소리, 아니 나와는 전혀 상관없었으면 하는 소리. 딱 봐도

자폐스펙트럼 장애를 가진 성인 남자가 자전거 페달을 빠르게 밟으며 속도 만큼이나 큰 소리를 내면서 사람들 사이를 지나갔다.

사람들은 놀랐고 나는 부러웠다.

저 사람은 자전거도 탈 줄 아는구나……
우리 단아는 너무 방치되고 있는 건 아닌가……
너무 아무것도 가르치지 않고 있는 거 아닌가……

2021년 6월 1일
가수 이적의 엄마 박혜란 씨는 아들 때문에 "달팽이 엄마"라고 불렸다고 한다. 난 단아 덕분에 "거북이 엄마"가 되었다.

도망가면 도대체 잡을 수 없는 발 빠른 단아는 학교 운동회때 달리기 시합만 하면 느리게 느리게 자신의 긴 다리를 뽐내며 런웨이를 한다.

소신 있고 당당하게 사는 우리 딸 장하다.
네 옆에서 속 태우며 함께 달리고 있는 담임선생님을 보고 있자니 죄송하고 안타까울 뿐이다.

2021년 6월 13일
인스타로 알게 된 장누리 작가의 <느려도 괜찮아 빛나는 너니까>라는 제목이 적혀있는 노란 책 표지는 '내 속에 뭐가 쓰여 있는지 궁금하지 않아?'라며 대놓고 유혹했다. 전자책으로

오늘도 좋은 일이 오려나 봐

도 출간될 거라던 말과는 달리 오래 기다려도 전자책으로는 출간되지 않았다. 하지만 인내의 열매는 달다고 했던가? 우연찮은 기회에 작가님이 직접 일본으로 책을 선물로 보내주었다.

나는 떨리는 손으로 페이지들을 넘겼다. 그 안에서 보석 같은 글귀를 찾았다. 82페이지 <글이 주는 위로>라는 글에서 서천석 선생님의 트위터 글을 인용한 부분이었다.

장애아동은 확률적으로 일정 수는 태어난다. 장애아동을 키우는 부모는 어쩌다 그 운명을 뽑은 것이다. 그들은 잘못된 아이를 낳은 죄인이 아니다. 죄인이기는커녕 그 운명을 사회의 별 도움도 없이 힘들게 지고 가는 사람들이다. 모두 이들에게 고마워해야 한다.

이 글이 뇌전증 아이를 양육하고 있는 장누리 작가님을 자유롭게 해준 것처럼, 그리고 그 글을 전해 읽고 자유롭게 된 나처럼, 또 누군가도 이 글을 읽고 자유로워졌으면 좋겠다. 이번에는 나를 통해서 말이다.

잘못된 아이를 낳은 죄인으로 살지 말고 고마운 사람이 되어 살아가기를, 그런 대접을 해주는 성숙한 사회에서 살 수 있게 되기를 진심으로 바란다.

2021년 6월 23일
오늘도 절망이 배달되었다.
절망을 떨쳐버리려고 쉬지 않고 걸었으나 아이는 걷고 있는 내게 머리를 박아댔다. 어깨를 눌러댔다. 소리를 질러댔다. 그래도 아랑곳하지 않고 걸었다. 그러나 절망은 나의 모든 호흡을 쭉쭉 빨아먹었다.

나는 살아있다고 착각하고 있는 건지도 모르겠다.

2021년 6월 25일
태양아 지지마!
우리는 더 놀아야 하고
할 일이 있어.

태양아 지지마!
밖에서 놀아야 한다고.

"집에 가서 자!"
라고 하는 것처럼
바람이 분다.

하루는 참 빠르구나.

<인아의 동시>

아이의 하루는 참 빨랐지만 엄마의 하루는 힘겨웠다.
하루를 마치고 돌아오는 길에 함께 봤던 태양을 아이는 멈추길 바라는 것 같았지만, 엄마는 지는 해가 고마웠다.

아이는 독서 노트에 시를 썼고 나는 그 시를 마음에 담으며 잘 자라주고 있음에 다행이라 여겼다. 단아 때문에 많이 울었고 인아 덕분에 위로받았다.

단아의 상처에 대해 학교에서도 데이서비스에서도 우리가 한 일이 아니라고 했다. 나는 아이가 더이상 다치지 않도록 더 많은 관심과 노력을 부탁했다.

그리고 간절히 기도했다.
단아보다 딱 하루 더 살게 해달라고…….

2021년 7월 11일
신발도 신지 않은 채 데이서비스를 뛰쳐나가서 며칠째 찾지 못했던 9살 이누즈카 나츠라는 남자아이가 행방불명된 근처 강에서 시신으로 발견되었다.

아침에 뉴스를 접하고 충격을 받았다. 충격이 컸는지 오후엔 갑자기 안압이 올라와서 남편이 나 대신 일정을 소화했다. 그저께는 GPS 두 개를 주문했고, 오늘은 열쇠고리를 구입했다. 앞으로 단아의 바지에 항상 채워질 것이다.

왜 다 큰 아이를 업고 다니냐는 타인의 질타에 물만 보면 뛰어든다든지, 차 사고가 걱정된다든지 주저리주저리 말할 힘조차 없다.

9살 소년 이누즈카 나츠의 죽음으로 고통스러울 가족과 평생 죄책감을 가지고 살아야 할 데이서비스 선생님들. 이런 사건들이 남의 일이 아닌 채 불안과 걱정으로 살아가는 수많은 거북맘들.

무겁다.
슬프다.
안쓰럽다.
고통스럽다.

2021년 7월 20일
단아가 그림을 부쉈다.

인아의 만 8살 생일 때 선물로 함께 그린 그림이었다. 어젯밤에 단아가 흥분해서 복도를 왔다 갔다 하길래 뭐라도 하나 깨겠다 싶었다. 하지만 말릴 체력이 없었다.

오늘 아침에 인아가 먼저 그림이 부숴진 것을 발견했다. 의미를 부여하며 아끼던 그림이 부숴져 있는 것을 보니 순식간에 화가 올라왔다. 한 10여 분 동안 화를 꾹 누르며 아이들의 이번 학기의 마지막 등교 준비를 했다(오늘 방학식이다). 마음의 스위치를 빨리 바꿔버렸다. 정말 쉽지 않은 일이지만 바꾸지 않으면 제 명대로 살 수 없는 순간이 훅하고 치고 들어온다.

모든 건 집착이다. 집착을 버리면 행복한 상태로 빨리 회복할 수 있다. 깨진 그림에게 주었던 애정만큼 끈적해진 집착을 닦아버리고 좋은 의미로 환기시킨다.

"새로운 그림을 그려야겠네!"

그래, 새로운 그림을 그려야겠다. 집안 분위기도 달라지겠지. 결국 저 그림도 단아가 깨뜨린 거울 덕분에 탄생했으니까.

고마워! 단아야. 너 아니면 엄마가 바뀌겠니?

2021년 7월 29일

여름 방학은 안전 장비도 없이 줄 하나만 잡은 채 암벽을 오르는 것 같은 느낌이 든다. 그만큼 위험천만하고 아슬아슬한 두 달간의 시간을 버텨내야 한다. 여름 방학이 시작된 지 2주째이고, 피부병이 생긴 지도 한 달이 되었다.

처음엔 뭘 잘못 먹어서 식중독이 생겼나 했다. 역시 면역력이 문제다. 마음으로도 이겨내야 하는 과제들이 많지만, 몸으로도 이겨내야 할 것들이 많다. 요즘 나는 내 의지와 상관없이 무너지고 있는 것을 느낀다.

하지만 무너져가고 있는 내 자신을 살필 여력도 없다. 아침 일찍 두 아이를 준비시키고 차에 태워 인아 학원으로 출발한다. 건축가가 꿈인 인아가 사립중학교로 진학하겠다는 의지를 밝힌 후, 서포트해야 할 엄마의 과제가 늘었다.

인아를 학원에 내려주고 돌아오는 길, 단아는 아침부터 또 뭐가 문제였을까? 차 창문에 머리를 박아댄다. 쾅쾅거리는 소리와 진동이 운전하는 내 뒤통수로 전달될 때마다 감당 안 되는 큰 사고를 낸 사람처럼 패닉이 된다.

"쾅"

"쾅"
"콰아앙"

"단아야! 단아야! 왜 그래! 그러지마. 머리 박지 마! 제발 부탁이야."

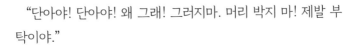

급한 대로 가장 가까운 편의점에 주차를 하고는 아이 상태를 확인한 후 재빠르게 아이스크림을 사가지고 온다. "단아아이스크림 먹을까?" 그 좋아하는 아이스크림으로도 달래지지 않는다. 이제는 정말 감당이 안 되는 소리를 지르고 울면서 머리를 박는다. 여차하면 차 유리가 깨질 기세다. 집으로 빨리 이동하는 수밖에 없다. 눈물이 샌다. 그렇게 많은 날들을 똑같이 마주했으면서 또 눈물이 샌다.

'신이시여! 나를 이렇게 낭떠러지에 대롱대롱 매달아 놓지 마시고, 그냥 떨어뜨려 주세요. 저는 이런 일상이 너무 버겁습니다.'

시간이 지나자 아이가 울음을 멈췄고 더 이상 머리를 박지 않는다. 정말이지 아무것도 할 수가 없다. 더 혹독한 날들도 많았다. 그런데 오늘은, 오늘은 진짜 견딜 수가 없다. 견디고 싶지가 않다. 그동안 축적된 고통이 일순간 나를 짓눌렀다. 내 심리상태를 누군가에게 알릴 필요가 있었다.

"어머님, 이제 더 이상 못 견딜 것 같아요."

극단적이고 다급한 (SOS)문자를 보냈다.

나의 카운슬러는 늘 어머님이었다. 그날, 그날 좋았던 일도 나빴던 일도 어머님께는 잘도 재잘거렸다. 그래서 나의 상황을 가장 잘 아는 사람도 단연 어머님이다. 나와 비슷한 무게를 지니고 사는 남편에게도, 내가 이런 이야기를 하면 하늘이 무너지는 줄 아는 친정 엄마에게도 솔직해지기란 여간 부담스러운 일이 아니다. 늘 묵묵히 들어주는 어머님이 계시다는 것은 나에겐 큰 행운이다.

"어떡하니, 기도할게. 엄마가 해줄 수 있는 게 없어서 마음이 아프구나."

어머님의 답문을 확인한다.

어머님의 기도의 힘으로 많은 시간을 견뎠지만, 버티고 버텨봐도 오늘만은 그냥 넘어가지지 않는다. 해질녘에 용기를 내어 친정 엄마한테 전화를 했다.

"엄마, 나 어떡하지! 나 더 이상은 못 할 것 같아. 엉엉엉. 끄으 끄윽. 엄마, 난 지금까지 살면서 진짜 나쁜 행동은 하지도 않았는데, 왜 이렇게 난 힘들게 살아야 하는 거지? 10년을 넘게 고생하면서 살았는데, 애들 없이 한 달만 좀 쉬면 안 되는 걸까? 정말 조금이라도 좀 쉬고 싶어. 정말 며칠이라도 맘 편이 살아보고 싶어."

그동안 이렇게 대놓고 힘들다고 운 적이 거의 없었다. 엄마는 내 목소리를 듣자마자 걱정이 되었는지 당장 한국으로 들어오라고 했다.

"엄마, 코로나 때문에 못 들어가!"
"그래도 어떻게라도 와 봐."
"못 간다고. 어떻게 가! 이럴 수도 없고, 저럴 수도 없고, 너무 힘들어."

힘들다고 솔직하게 말하다 보니 마음이 조금씩 누그러진다. 말을 해서가 아니라, 말을 할 때 나를 아끼는 엄마의 마음이 전해져서 헝클어진 나의 마음을 다독여준다. 엄마가 나보다 더 아파하니 미안한 마음에 빳빳한 깃을 세울 수가 없다.

"그럼, 엄마가 언니 통해서 돈 좀 보낼게. 일단은 그걸로 너 좋아하는 것도 좀 먹고, 하고 싶은 것도 좀 하면서 지내."
"됐어. 엄마, 나도 돈 있어. 내가 알아서 할게."
"가족들 말고, 널 위해 쓰라고! 너만 위해서 쓰라고!"
"저번에도 줬잖아. 됐어. 엄마! 진짜 됐어!"

내가 이래서 엄마한테는 말을 못한다. 엄마에게 나는 너무 아픈 손가락이다. 남편이 퇴근을 했는지 문소리가 난다.

"엄마! 남편 왔어. 나 이제 괜찮아졌어. 끊을게. 절대 돈 보내지마!"

엄마와 전화 통화를 끝내고 난 뒤 마치 아무일도 없었던 날처럼 평범한 저녁을 보내고 있다. 오늘은 정말 그냥 못 넘길

줄 알았는데 잘 넘기고 있다. 내일은 오늘보다 조금은 더 괜찮기를 간절히 희망하면서.

2021년 7월 30일

기독교에서 성찬식을 뜻하는 커뮤니언(communion) 이라는 단어는 본래 빵을 찢어서 함께 먹는다는 의미였다.

<처음 읽는 음식의 세계사> 중에서

예수님은 빵을 찢어서 나눠주며 "이것은 나의 몸이다"라고 말씀하셨다. '동료'를 뜻하는 '컴패니언(companion)'이나 '소통'을 뜻하는 '커뮤니케이션(communication)'은 빵을 뜯어 나눈다는 의미의 '커뮤니언(communion)'에 어원을 두고 있다.

나는 주변으로부터 "기도해 줄게." 라는 말을 정말 많이 듣는다. 하지만 그 말이 공허한 울림처럼 느껴질 때가 있다. 자신의 몸의 일부를 떼어줄 의사가 없는 말에는 아무런 효력이 없다. 막상 도움이 필요할 때는 발을 빼다가 좋은 일이 생기면 내가 기도했었다며 숟가락을 올리는 사람들.

반면에 "힘을 내라" "기도를 하겠다"라는 말을 하지 않고서도 묵묵히 도움을 주며 지켜주는 사람들이 있다.

우리의 소통은 몸에 있는 것이다. 몸을 떼어줄 때 소통이 일어나고 하나가 되는 것이다. 나는 나의 것을 떼어줄 의사가 있는지를 스스로에게 묻는다. 그리고 누구에게 떼어줄 것인지 생각해본다. 어떤 이들과 공동체를 이루고 소통하며 지내고 싶은지 고민해본다.

단아가 머리를 박는다.
수영장도 안 가겠다, 드라이브도 안 하겠다는 너에게 난 무엇을 떼어줄 수 있을까?

2021년 7월 31일
"너 요즘에 많이 힘들다며?"
"왜? 엄마가 그래?"
"오늘 200만 원 입금했어."
"아이 참! 왜 그랬어."
"야, 그냥 받아. 나도 중간에서 난감해. 계속 들들 볶였어. 엄마가 꼭 너 위해서 쓰래. 맛있는 것 좀 사 먹고 그래."
"난, 좀 덜 먹어야해."
"아, 그래!"

언니는 한참을 나를 위로하면서 한국의 부동산 이야기, 언니가 집을 산다는 이야기를 곁들인다. 언니와 이런저런 이야기를 아무렇지 않게 나눴지만 사실 나는 여전히 우울했다. 마치 짠 듯 언니들이 연이어 전화를 해서 우스갯소리를 하는 바람에 다행히 나는 조금씩, 조금씩 회복되고 있다.

멀리 살아서 가족들을 자주 만나지는 못하지만 혼자 버려진 것이 아니고, 여전히 보호받고 있다는 생각에 안도감이 들었다. 가족이 있어 참 다행이다.

#1.

벨이 울린다.

후다닥 현관으로 뛰어가 문을 살짝만 연다.

"암호를 대라."

문 틈 사이로 인아가 "사랑, 사랑"이라고 답한다. 아이는 암호를 속삭이며 내 딸임을 증명하고 학교에서의 썰을 한참 동안 풀기 시작한다. 그 이야기를 들으며 아이의 간식을 만들어준다.

#2.

"모시모시"

전화를 받고 부랴부랴 1층 현관으로 내려간다. 싸인을 하고 아이의 짐을 건네받으면 단아가 내 등으로 뛰어오른다. 하루를 잘 참아낸 자신의 보상은 엄마의 조그만 등이다. 집으로 올라가면 자신만을 위한 코스요리가 기다리고 있다는 것을 단아는 확신하고 있다.

#3.

"힘들었지?"

피곤한 남편을 맞이하는 나의 첫 말이다.

샤워하러 들어가는 남편을 보며 저녁을 준비한다. 제육볶음, 만두, 카레가 있다면 무조건 행복해지는 우리 남편.

애니메이션 <시간을 달리는 소녀>에서 마코토는 치아키를 돌려보내고 홀로 남겨져 울었다. 노을의 배경 속으로 치아키는 다시 달려와 마코토에게 한 마디를 건넨다. "미래에서 기다리고 있을게." 만약 기다리고 있을 거라는 그 말이 없었더라면 마코토는 너무 외롭고 공허하고 힘들었을 것이다. 하지만 그 말 한 마디로 뛰어갈 수 있는 추진력을 얻게 되었다.

세상에는 좋은 말이 참 많은데, 그 중 하나가 "기다리고 있을게!"가 아닌가 싶다.

공허하고 외로운 마음을 가지고 집으로 돌아오더라도 엄마의 사랑으로, 아내의 사랑으로 꽉꽉 채워줄 테니까 이따 봐! 기다리고 있을게! 우리가족! 사랑해!

2021년 8월 23일
방학 동안 벽에 뚫린 구멍을 3개나 막았다. 아이가 머리를 박아서 벽이 뚫릴 때마다 내 영혼이 그 구멍으로 빨려 들어가는 느낌이다. 그런데 아이러니하게도 구멍이 늘어날 때마다 그 구멍을 메꾸는 실력도 늘어간다는 것이다.

2021년 9월 7일
자각과 불만은 개선의 씨앗이며 문제를 받아들이기 시작했을 때 비로소 변화는 시작된다.

<업스트림> 중에서

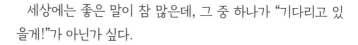

오늘도 좋은 일이 오려나 봐

반성(反省)이라는 한자를 끄적거리면서 반성의 '성(省)'이 생략(省略)하다의 '생(省)' 자와 같은 한자이고, '성(省)'은 일본어에서 '省く(하부쿠)', 즉 '덜어내다'는 뜻을 가지고 있다는 것을 알게 됐다.

내 삶에서 무엇이 잘못되고 있는지 모른다면 나의 잘못된 생각과 행동을 덜어내지 못할 것이다. 덜어내지 못하면 올바른 생각과 행동들이 채워질 자리가 없을 것이고, 그럼 난 잘해봐야 제자리걸음 아니면 후퇴.

조금 더 깊이 생각하고 싶은데 일하러 가야 한다. 어쩌면 이런 생각을 할 여유가 없는 것이 날 앞으로 걸어가지 못하게 만드는 가장 큰 문제는 아닐는지.

2021년 9월 16일
어제는 단아의 복지카드 갱신을 위해 몇 년 만에 발달검사를 했다. 단아가 너무 똑똑해져서 특수학교 입학을 못 할까봐 우려했지만, 결과는 2살 11개월!! 엄마는 심각한 딸 바보였다.

단아의 발달검사 결과를 듣고 0.5초 아팠다.

2021년 9월 24일
내가 누군가에게 친절을 베풀었다고 해서 그 사람에게 베푼 친절을 그대로 돌려받지는 못한다. 하지만 내가 베풀지 않은 친절을 다른 누군가에게 받기도 한다.

그래서 나는 어떤 사람에게 베푼 친절에 대해 돌려받지 못해도 억울해하지 않고, 또 그 사람에게 갖지 못한 친절에 대해 너무 심하게 미안해하지 않는다. 왜냐하면 시간이 지나면 지날수록 더 크게 돌려받을 테니까.

도토리의 계절이다. 아이들은 엄마의 작아진 옷을 입기 시작했다. 어제는 휴일이라 지인들과 공원에서 피크닉을 했다. 단아는 잠시 데이서비스에 보냈다. 그럴 때마다 단아에 대한 아쉬움과 미안함, 죄책감이 몰려오지만 난 단아에게 '너 때문이야'라는 말을 하며 살고 싶지는 않다.

2021년 9월 25일
몸과 마음의 사이에는 작은 구멍이 있는 것 같다.
마치 모래시계처럼 몸을 열면 마음이 흘러가고 마음을 열면 몸이 흘러간다.

손 하나 까딱하기 귀찮은 날에도 큰 소리로 기합을 넣고 몸을 일으켜 세우면 어느 순간에는 웃고 있는 나를 발견한다. 누워만 있지 말고 어느 방향으로든 나를 세워 봐야겠다.

2021년 9월 27일
간만에 단아와 그림을 그렸다.
실수로 붕사가루가 섞인 물을 섞는 바람에 울퉁불퉁한 부분이 생겨버렸지만, 때론 실수가 뜻하지 않게 더 멋진 결과를 가져온다.

요즘 둘째 아이에 대한 화가 늘고 있다. 둘째의 잦은 실수와 태연함이 내 마음에 녹아들지 못하고 팅겨져 나간다. 하지만 화가 아니라 친절한 단호함이 필요하다.

아이의 자질을 깎아내리면서 세상의 틀에 맞추려 하지 말자. 시대의 규격에는 맞지 않아도 충분히 빛나는 아이로 키우자. 그런데 쉽지 않다.

2021년 10월 14일
"단아야, 작품 만들자!"
"단아야, 오늘은 무슨 색으로 할까?"

오늘도 단아와 함께 플루이드 아트(fluid art)를 해보려고 한다. 진한 핑크와 연핑크를 고르는 단아. 단아가 고른 색들은 소주컵 사이즈의 작은 종이컵에, 바탕으로 쓸 흰 색은 200ml의 종이컵에 넣는다.

엄마가 아크릴 물감, 플로트롤, 물, 실리콘 오일을 적당한 비율에 맞춰 조제를 해주면 단아는 막대기를 종이컵 안에 넣어 휘휘 저어준다. 큰 종이컵에 단아가 고른 색들을 섞어 조합을 하려고 하는데 단아의 생각은 좀 다른가 보다. 그 물감들을 섞지 않은 채 캔버스 위에 붓고 싶어 한다. 단아가 원하는 대로 하도록 내버려 둔다. 엄마는 엄마 나름의 의견을 내고 빨대를 가져온다.

"단아야, 이 물감을 후후 불어봐."

단아는 엄마의 시범을 보고 얼추 따라 하려고 애쓴다. 조금
만 더 세게 불면 뭔가 멋진 걸작이 완성될 것 같다. 그 순간 아
이는 메뚜기처럼 폴짝폴짝 뛰어 거실로 가버린다. 다행히 잠
시 후 폴짝폴짝 뛰어간 단아가 다시 방향을 바꿔 폴짝폴짝
방으로 들어온다.

"단아야, 이 물감 이 쪽으로도 후후 불어볼래?."

아무리 예쁘고 연기를 잘하는 여배우라고 해도 혼자서는 유
명한 여배우가 될 수 없다. 감독이 있어야 하고, 작가가 있어
야 하고, 코디가 있어야 하고, 연기 선생님도 있어야 하고, 때
로는 대역도 필요하다. 한 사람을 위해 많은 사람들이 엄청난
노력을 쏟아붓는다.

나 또한 단아에게 모든 걸 너 혼자 해내야지만 네 것이 된다
고 가르치고 싶지 않다. 같이 해도 된다. 내가 많은 부분을 도
와줘야 한다 해도, 단아의 노력과 단아의 선택이 들어갔다면
누가 뭐래도 단아의 작품이 맞는 것이다.

추상 예술에는 형태가 없다. 형태가 없어서 오히려 모든 형
태를 담아낼 수 있다. 단아의 그림을 보고 있으면 문장으로
는 표현할 수 없었던 어떤 지점을 정확하게 짚어줄 때가 있다.
단아의 그림들은 생각의 여지를 남겨둔다. 아니 와장창 깨버
려서 다른 형태의 생각들을 하게 만든다. 단아의 무심한 작품
이 너무 사랑스럽다. 그런 작품에 엄마도 함께 동참할 수 있어
서 영광이다.

엄마 생각대로 해주지 않는 단아에게 고맙다.

너도 많이 힘들었나 보다

얼마나 많은 글을 쌓아 놓았던지, 글을 찾아 옮기고 덜어내는데 많은 시간을 보냈습니다. 지난 13년간의 글을 훑으며 내 삶의 태도가 어떤 경로로 바뀌어 가고 있는지가 한눈에 보였습니다. 오랜 시간 힘들어하고 고통스러워하던 내가 이제는 임계점을 넘어 현실을 돌파해가는 나로 성장해가고 있었습니다.

그래도 여전히 고통 앞에서는 아프다며 울 것입니다.
울면서도 극복할 것이고, 극복하면 또 웃으면서 감사할 것입니다.

우리는 뒤틀린 채 살아갑니다.
누구는 가난 때문에
누구는 관계 때문에
누구는 아집 때문에
뒤틀린다는 것은 나쁜 것만은 아닙니다.

뒤틀리는 순간, 우리에게 필요 없는 것들은 견디지 못하고 떨어져 나갈 테니까요. 깨끗해지고 향기 나는 빨래를 탈탈 털어 햇살에 말리면 주름은 어느새 쫙 펴져 있을 것입니다.

힘든 순간이 올 때마다 그렇게 생각하렵니다.
세탁기 안에서 돌아가고 있다, 탈수되고 있다.
이제 곧 더 아름다운 사람이 되겠구나.

저는 가장 좋은 결말을 상상하며 그 순간을 견디겠습니다.
그리고 말끔해진 어느 날, 잘 견뎌낸 나를 위해 축배를 들겠습
니다. 나를 위한 축제에 당신을 초대하겠습니다. 여전히 고통
의 순간을 지나가고 있다면 손을 내밀며 응원하겠습니다.

당신을 위한 축제에도 저를 초대해주세요.
잘 견뎠다고 칭찬해 드리고 싶습니다.

나는 늘 같은 곳만 뺑뺑 돌고 있다 생각했지만, 그런 순간
들이 쌓여 나를 높은 곳으로 올려다 주었습니다.

"당신이 정말 힘든 날, 뒤돌아 나를 봐주세요."

당신이 반복하고 있는 매일은
절대 버려지는 시간이 아닙니다.
쌓이고 쌓여서 길을 내고 있는 시간입니다.

< 2챕터를 닫으며, 단아 엄마 드림 >

흐르는 것들의 아름다움

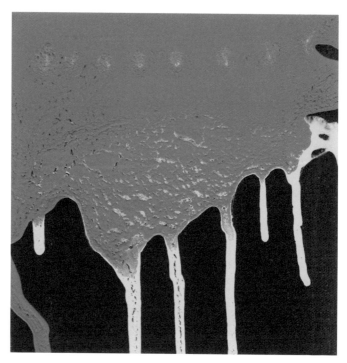

아크릴 20*20

3.
흐르는 것들의
아름다움

"아니, 엄마! 그냥 포기했어.
내가 뭔가를 하려고 하면, 마음이 더 괴로워져.
결국은 못하게 되니까……."

"포기하지 마! 알았지?
포기하지 말고 다시 써!"

지쳐있는 내게 건넨 엄마의 한 마디.
아침에 눈을 뜨면 기진맥진하여
저녁에 잠이 들 때까지 나의 의지와 상관없이
가족을 위해 흐르던 시간들 사이로
엄마의 응원이 흘러 미세한 방향을 틀었다.

너는 어디로 흐르고 있니?

이민 생활 9년째,
결혼 생활 9년째,
딸이 초등학교 2학년이 될 무렵,
자폐아인 내 딸이 리스페달이라는 정신과 약을 복용하기 시작
하면서 "잠"이라는 것을 자기 시작할 그 무렵,
난 그제서야 내 안에 내가 없음을, 아니 어디에 있는지 모름을
　깨달았다.

<2019년 7월 13일 일기>

'차라리 죽는 게 낫겠다'라는 생각이 내 마음의 골짜기에서
매일매일 메아리 치고 있을 때, 나는 내 자신을 찾아 나서기로
결심했습니다.

　처음으로 남편에게 짜증이나 불만이 아닌 정중한 부탁을 해
서 저녁에 몇 시간의 자유를 얻었지요. 나는 그날 귀한 시간을
얻어 카페에서 책을 읽었습니다. 며칠을 그렇게 틈틈이 책을
읽으며, 마음속 깊은 곳으로 내려가고 또 내려갔습니다. 결국

차갑고, 좁고, 습한 곳에서 쪼그려 울고 있는 아이 같은 나를 발견했습니다. 이제야 찾아와서 미안하다고 진심으로 사과했습니다. 내가 우는 건지, 내 안에 그 아이가 우는 건지 모르게 한참을 울고 난 후, 내 자신이 무엇을 원하는지 매일매일 귀 기울여 들어주었습니다.

하지만, 현실은 그런 나를 가만히 놔두지 않았습니다. 아이들의 여름 방학을 겨우 버티고 나니, 금방 겨울 방학이 찾아왔습니다. 겨울 방학을 잘 견디면 다시 나를 만나는 시간을 가질 수 있을까 기대했더니 코로나가 왔지요. 아침에 눈을 뜨면 기진맥진하여 저녁에 잠이 들 때까지 나의 시간은 항상 가족을 위해 흐르고 있었습니다. 사실 선택의 권한이 없었지요.

그러던 어느 날 친정 엄마의 안부전화를 받았습니다.

"글은 잘 쓰고 있니?"
"아니, 엄마! 나 그냥 포기했어! 내가 뭔가를 하려고 하면 마음이 더 괴로워져. 결국은 못하게 되니까……."

자폐 아이의 엄마가 아닌 작가라는 꿈을 꾸게 되었고, 아이들이 학교에 가면 살림을 약간 포기한 채 글을 쓰고 있었습니다. 친정 엄마의 물음에는 담담하게 답했지만, 제 마음은 전혀 담담하지 않았습니다. 그런 내 마음을 읽었을까요?

"포기하지 마! 알았지? 포기하지 말고 다시 써!"

엄마는 나를 응원했습니다.

오랜 휴지기를 끝내고, 다시 펜을 들었습니다. 제 안에도 숨겨진 보물이 있음을 의심하지 않기로 결심하면서 글을 써 내려갔죠.

포기하지 못한 오랜 시간들이 조금씩 방향을 틀어 오늘까지 흘러왔습니다. 어둠을 견디고 여기까지.

3챕터는 2021년 11월 23일부터 28일까지 열린 <IRO IRO展>에 전시되었던 DANA_a의 작품에 저의 글을 콜라보하여 별책 부록처럼 엮었습니다.

좋은 에너지를 받고 싶은 순간에 자주 펼쳐 보세요.
웅크리고 있어 구겨진 마음에 다림질 해줄게요.

< 3챕터를 열며, 단아 엄마 드림 >

Like I

아
크
릴
18
*
18

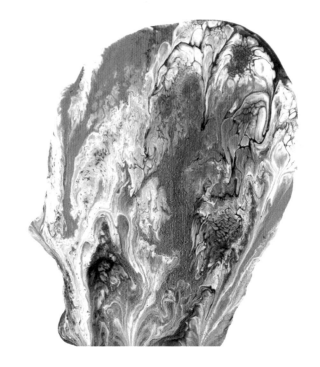

누군가를 돌이켜 세울 능력이 내게는 없다.
붙잡을 의도도 없다.
나는 나를 위해 단어를 배열하지만
당신이 방향을 바꿔 나를 바라본다면

웃어 보이겠다.
반갑게 손을 흔들어 주겠다.
다가온다면 꼭 안아 주고 싶을 것 같다.

L
i
k
e

Ⅱ

좋은 시절이었다고 미화되는 그 시절에도
나는 계속 아프고 있었다.
지금도 무엇인가에 끊임없이 아프지만
여전히 아름다운 시절일 것이다.
당신이 도시락을 싸서 택시를 타고 나를 만나러 왔던 기억이
그날 머리카락을 살랑이게 했던 기분 좋은 바람이
연두 같이 말랑했던 우리의 시간들이
배꼽처럼 둥글게 버티고 있다.

우리 아이들이 그 동그란 시간을 향해 가고 있음을 느낀다.
모가 나서 잘 굴러가지 않을 때도
둥근 배꼽만은 중심에 있을 것이다.

<IRO IRO展> 전시 작품

파도 I

아
크
릴

18
*
18

아이는 자꾸 뭘 부서대고
엄마는 자꾸 뭘 덧대놓는다.
가려 놓은 구멍을 아이는 다시금 파헤치고
엄마는 아픈 곳에 약을 바른다.
사랑한다. 우리 딸.
그래도 사랑한다.
엄마는 엄마가 옳은 줄 알았네.
세상은 부서지며 존재한다는 것을
그것이 파도의 일임을
파도는 부서지며 위로하고
부서져야 더 멀리 흐를 수 있는 걸.

딸 그리고 엄마 쓰다

아크릴 18*18

잠
수

숨을 꾹 참아야 하는 날에
여러 번 나를 죽였다.
스스로를 죽이고 나서야 나는 살 수 있었다.
사는 것과 죽는 것의 경계가 이제는 희미하지만
살고 싶을 땐 죽어버리고
죽고 싶을 땐 살아버리고
바다 깊숙한 곳에서도 높은 산이 있다.
정상은 오르지 않고 끝없이 내려가서도 만날 수 있는 곳.

<IRO IRO展> 전시 작품

숨겨진 의자

아
크
릴

40.5
*
32

영혼이 몽롱한 오후
엄마는 쉴 수 있는 의자를 그렸다.
햇살에 닿아 반짝였다.
엄마도 가끔은 쉴 수 있는 의자가 필요하니까
그 햇살에서 잠시 축축한 마음을 말려야 하니까

중력은 한낱 가벼운 색들에게마저 무게를 만들어
경계를 흩트렸다.
고민은 그냥 두고 꿈만 말린 채 도망갔다.

엄마는 절망했다.
아이는 엄마의 절망 위에 새 희망을 붓질했다.
아픈 엄마 마음을 문지르고 쓸어줬다.

그림을 보는 이여! 당신의 고민은 숨겨진 의자에 남겨 두고
부드러운 붓으로 마음을 쓸어보세요. 새 희망이 돋을 거예요.

무
지
개
의

시
작

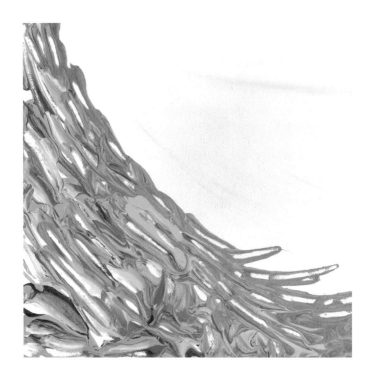

시작하려고 하는 사람들이 있다.

단점을 장점으로 돌려 세우려고 애쓰는 사람들이 있다.

빠진 물에서 헤엄쳐 나오는 사람들이 있다.

빛을 꺾으면 알게 된다.

실체 없이 실재하는 것들에 대해

빅뱅

아
크
릴
20
*
20

자신을 받아들이는 것으로부터 시작한다.
자신의 존재를 인정하는 것으로부터 시작한다.
내가 손짓한 꿈이 현실의 문을 넘어 다가올 때
나는 자격이 없는 사람이라고 말하며 물리치지 않는다.

자신을 거절하지 않는 사람만이
온전한 세계를 받아들일 수 있다.

아크릴 18*18

깊은

물

타인의 모르는 것
서툰 것에 대해
오늘은 조금 더 친절해지고 싶은 하루.

지적하는 것과
충고하는 것과
화내는 것과
짜증내는 것

그 모든 건
그냥 친절하게 알려주는 행위로 대신 할 수 있으니까.

<IRO IRO展> 전시 작품

평안

아
크
릴

18
*
18

흘러서 자국을 남긴다.
물감도, 시간도

두 번은 할 수 있어도
돌이켜서 할 수는 없다.

비슷해도 다른 것이다.
같을 수가 없는 반복이다.

내게서 흘러간 것들은
모든 것에 각각의 무늬가 있다.
의미가 있다.
소중하지 않은 순간이 없다.

위
로

그럼에도 불구하고
같아지고 싶을 때가 있다.
같아져서 숨겨지고 싶을 날이 있다.
아무도 내가 너인지 네가 나인지 모르는
군중이 되고 싶은 날

우린 다른 색을 가지고서도 얌전히 같은 줄에 서있다.
어울리는 사람이 되는 날, 참 안도한다.

식물

아
크
릴
18
*
18

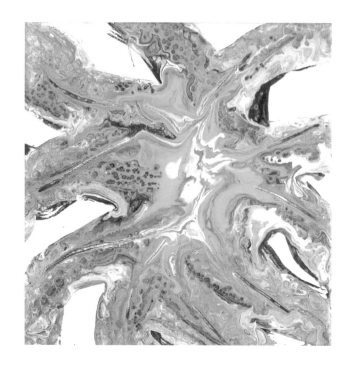

말도 못하는 것이 위로를 준다.
말도 못하는 것이
위로를 줄줄 안다.

위로를 준다고 하면서
상처를 주는 말이 있는데

가만히 살고만 있는 너를 보면
나도 살고 싶어진다.
다시 살 수 있을 것만 같다.

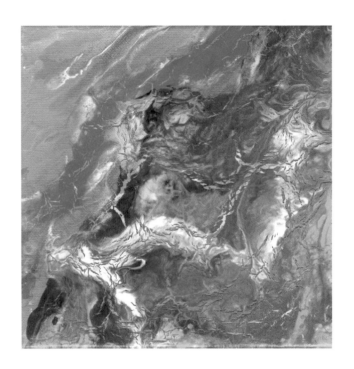

S
u
n
s
e
t

s
e
a

햇살이 아름답게 물을 들이고 있으면
그 물에

안 좋은 일
슬픈 일
괴로웠던 일이
녹아버린다.

놓아버려야 하는 것이다.
놓으면서 살아야 하는 것이다.
예쁘게 물들면서 살아야 하는 것이다.

<IRO IRO展> 전시 작품

파도 II

아
크
릴

18
*
18

그래 나도 벌레는 싫어.
하지만 식물은 좋은 걸.
식물이 좋으니까 벌레를 참는 거야.

네가 높게 치면
날 삼킬 수도 있다는 걸 알아.

그래도
네가 좋으니까 네가 좋아서
때로는 높게 치는 두려운 파도도 참고 사는 거야.

네가 옆에 없다면 잔잔할 수 없는 나란 걸 알고 있으니까.

쉿

비밀이야

저기 보여?
어두운 밤 담을 넘어가고 있는 소녀 말이야.
담을 넘어가며 "쉿 비밀이야!"라고 말하고 있잖아.

저기 보여?
강아지도 있는 걸!
털이 복슬복슬한 강아지가 여기 있잖아.
강아지 앞에 뭐가 있기에 이렇게 얌전해졌지?

보이는 걸 보고 있지만
사실 보고 싶은 것을 보고 있는 건 아닐까?
네 눈엔 뭐가 보여? 궁금해!

꽃밭

아
크
릴

20
*
20

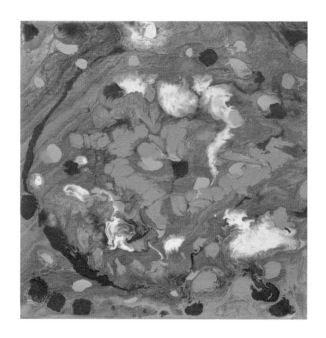

나는 별로라고 생각했거든?
그런데 의외로 사람들은 좋다더라.
때론 나는 싫어도 사람들이 좋아해 주는 내 모습이 있어.

그냥 둬! 그냥 그렇게 자라게.
그냥 그렇게 자라도 충분히 예쁠 거야.

너무 다 꺾어버리지 말았으면 좋겠어.
사람들은 네가 좋다고 하잖아.
자신을 너무 몰아세우면
사람들이 네게서 쉬어 갈 공간이 없어진단 말이야.
그러니, 그대로 두자.
넌, 그대로 너무 예뻐.

아크릴 20*20

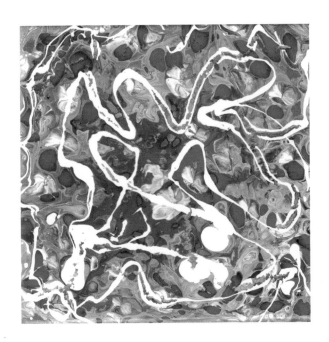

사
랑
하
기
로
　
결
심
하
면
　
예
뻐
보
인
다

우리가 원했던 건
노오랗고 잘 빠진 똥이었어.

그런데, 이것 봐.
우리가 노력했던 시간은 흔적도 없이 사라졌는걸.

우리 인생이 말이야.
왜 노력만큼 되지 않고 꼬이기만 하는 거지?
그런데 말이야.
원하던 건 아니더라도 주어진 걸 사랑하면
자꾸 행복해진다. 심지어 꼬인 것도 예뻐 보여.

233　　　<IRO IRO展> 전시 작품

시도

아
크
릴

20
*20

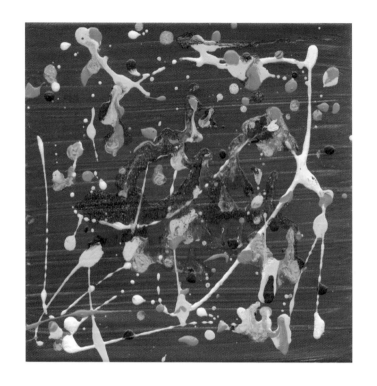

개구리가 뛴다.
온 몸을 쫙 펴고 날아오른다.

아이는 쏟아붓는다.
엄마의 매니큐어를
못 쓰게 된 매니큐어로 생명을 불어넣는다.

무덤이 된 시간들 위로
온 영혼을 쫙 펴고
날아오를래, 나도.

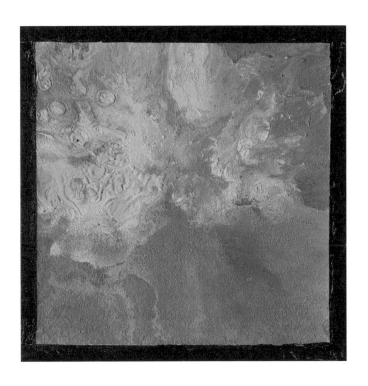

너는 우주

움직이던 기차에서 몸을 던져 뛰어내렸던 몽골의 낯선 곳
스물한 살의 기억이
반짝이지 않은 도시의 하늘을 보면서도
난 그날의 별을 마음에 담고 살아.

하늘이 우주라고 알려주었던 그 촘촘했던 별들을 말이야.

나는 별을 낳았나 봐.
그 때의 표정을 한 채 너를 보고 있으니까.

심해

아
크
릴

18
*
18

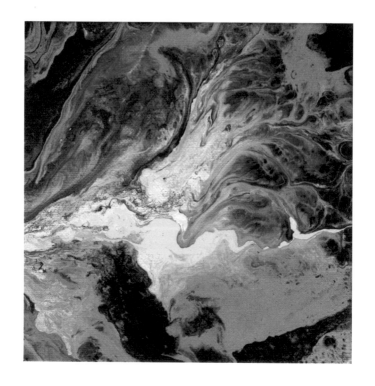

타인의 배 위에 자신의 귀를 얹어 놓으면
깊은 바다의 소리를 들을 수 있다.

쿠르륵 쿠르르륵

모든 열심과 모든 쓰라림과 모든 희망이 태동하는 소리.
빛이 닿지 않아
스스로 빛을 내야 하는 곳.
빛이 시작되는 깊은 곳.

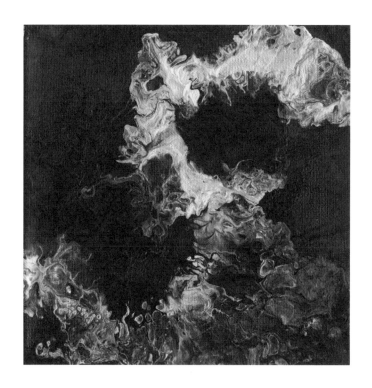

드 래 곤

두려움은 배고픈 애벌레처럼
감정 에너지를 갉아먹는다. 작은 구멍이 커지고 커지다가
결국엔 모든 힘을 빼앗기고 마는 것이다. 썩은 무가 되는 것이다.

하지만,
두려움이 적절한 행동을 만나면
작은 실천이 커지고 커지다가 결국은 용처럼 된다.

전설 같은 사람이 될 수 있는 것이다.

<IRO IRO展> 전시 작품

밤하늘 Ⅰ

아
크
릴

18
*
18

약속 하나 해줄래?
어느 날 우리 중 누군가는 혼자가 되겠지.
홀로 남아 밤하늘을 물끄러미 보게 되는 날도 있겠지.

사랑받던 손길을 잃은 밤이라도
너무 외로워 말자.
너무 외로워만 말자.

품 안에 있던 온기를 기억하며
되었다고, 충분히 되었다고 고백하자.
떠나간 임이 더 이상은 미안해지지 않게
슬픈 마음은 들키지 말기로, 우리 약속하자.

딸 그리고 엄마 쓰다   238

아크릴 20*20

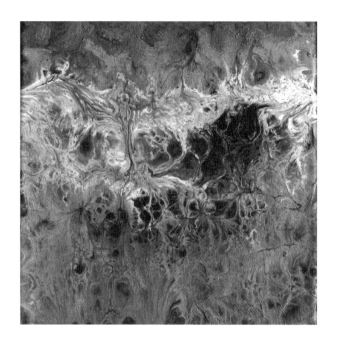

밤하늘

Ⅱ

누구나 처음은 서툴다.
처음은 서툰 것이다.
서툴러서 아름다운 시절이 있는 것이다.
그 젊음을 에두르지 못해서 더욱 반짝이는 것이다.

<IRO IRO展> 전시 작품

감각이 달라요

아
크
릴

17.5
*
13

친해지기 위해서는 교감이 필요하다.
무엇이든 오랜 시간이 필요하고, 깊은 이해가 필요하고
무던한 마음으로 곁에 있다 보면 알게 된다.
잘 알게 된다.
사람이든 일이든 말이다.

쉽게 떠나버리는 사람들은
결코 갖지 못하는 실력이 생기는 것이다.

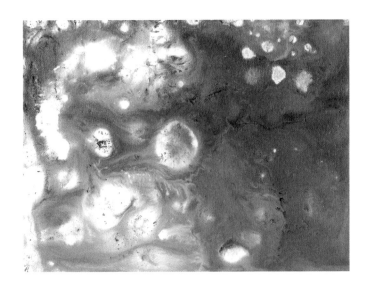

어 린 왕 자 의 별

어린왕자의 작은 별에는 화산이 3개나 있다.
어린왕자는 그 화산들을 청소한다.
청소를 하면 폭발하지 않는다.
오히려 화산에서 나오는 열로 요리를 편하게 할 수 있게 된다.
나의 별에도 화산이 있다.
몇 번의 큰 폭발이 있을 때마다
한참을 쓰러진 채 정신을 차리지 못했다.
하지만 어린왕자처럼 미리 미리 검댕이들을 청소한다면
폭발할 일은 없을 것이다.
단지 그 열로 맛있는 요리를
편하게 할 수 있게 될 뿐이다.

청소를 해 놓으면 폭발할 일은 없다.

편견을 버리고 들어오세요

아
크
릴

17.5
*
23.5

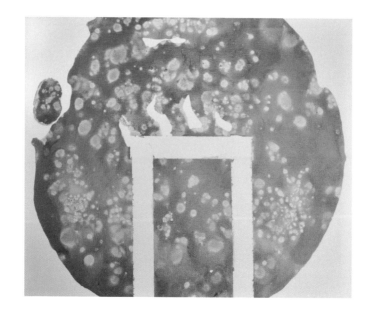

가보지 않으면 모른다
모른 채 편견을 가지면
한국은 그저 전쟁을 쉬고 있는 나라가 되고
일본은 그저 지진이나 일어나는 나라가 되는 것이다.
한국은 개처럼 고개 숙여 밥을 먹고
일본은 머슴처럼 그릇을 들고 먹는 나라가 되는 것이다.

"괜찮다"라는 말을 이해하지 못하면
좋다는 것인지 나쁘다는 것인지 몰라
등 돌리고 욕하게 되는 것이다.

편견만 버려도 두 배는 즐거울 수 있는걸

여 름 의

기 억

아이와 여행을 갔어.
아이는 내 허벅지를 베개 삼아 잠이 들었어.
내가 잠이 드는 건지, 아이가 잠이 드는 건지 모르는
몽롱한 경계선에서 노래 소리를 들었어.
분명 내 아이의 목소리였는데
내 아이는 엄마라는 단어조차 말하지 못하는 7살 아이였는데
노래를 부르고 있었어.
꿈이 아니었을 텐데 꿈처럼 느껴지는 순간이 있는 거야.

오랜 시간이 지나고 그 꿈같은 시간이 현실로 변해
아이는 가끔 노래를 불러.
그날 이후, 아이의 노랫소리가 듣고 싶어
자주 여행을 갔었나 봐.

<IRO IRO展> 전시 작품

시선

아
크
릴

20
*
20

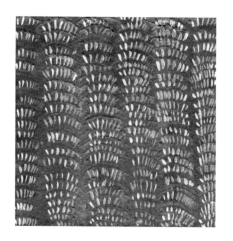

단아야, 단아야
아이의 이름을 부른다.

아이는 뒤를 돌아보지 않는다.
자신의 이름이 들리지 않는 것인지
자신의 이름을 모르는 것인지
자기의 세상이 이 세상과는 교차하고 있지 않은 것인지

단아야, 단아야
엄마 봐야지!

아이의 시선은 나를 향하지 않는다.
엄마는 귀찮아하며 몸을 뻣뻣이 세워 견디는 아이를
품에 폭 안아 볼에 입 맞춘다.

사랑해 단아야 !
엄마가 단아를 너무 너무 사랑해.

딸 그리고 엄마 쓰다

표
정

말을 하지 않아도 다 알 수 있는 건 너의 표정 때문이야.
네가 불편한 표정을 지을 때, 나는 너무 난처해지지만

내가 너무 난처할 때, 너는 또 온화한 미소로 달래주기도 하지.
우린 그렇게 서로를 보듬어 가는 거야.

서로의 실수를 눈감아 주면서
할 수 있다고 격려해 주는 거야.

모네의 연못

아
크
릴
20
*
20

모두가 얼어 버렸던 그해 봄
우리는 얼음을 깨고 먼저 일어났다.
우리는 먼저 아팠지만 먼저 이겨냈고
계속 아플지 모르겠지만
계속 이겨낼 테니
한가롭게 아름다울 수 있는 거 아닐까?

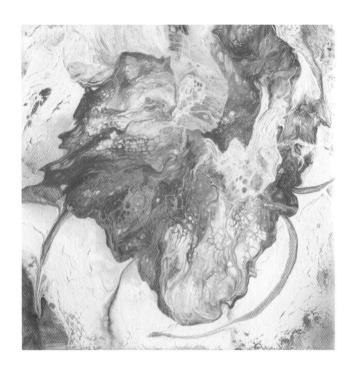

꽃
처
럼

피
어
나
라

꽃은 열매를 맺으려고
아름답게 피어납니다.

언젠가는 시들어 떨어질지라도
열매를 맺을 땐 풍성해집니다.

열매 안에는 씨가 있습니다.
그 씨는 다시 수많은 아름다움을 피워낼 것입니다.

그러니 오늘은 꽃처럼 피어나고 내일은 열매로 풍성하기를.

<IRO IRO展> 전시 작품

무궁화 꽃이 피었습니다

아
크
릴

18
*
18

올해는 나도
저 꽃과 함께
활짝 피어났으면
좋겠다.

당신의 따스한 숨결 덕분에 필 수 있을 것 같다.
나를 보며 살랑거리기를 바라. 당신 마음.

아크릴 18*18

너
라
면

할 수 있어

너라면 할 수 있어.
너니까 할 수 있어.
너만이 할 수 있어.

할 수 있어. 너도 할 수 있어. 분명히 할 수 있어.
난 그렇게 생각해.
너만이 꺼낼 수 있는 그 무언가가 네 안에 있다고

<IRO IRO展> 전시 작품

거닐고 싶은 숲 Ⅰ

아
크
릴

18
*
18

좋은 곳을 찾는다.
좋은 곳에 머문다.

좋은 곳에서
좋은 사람들을 만나며
좋은 생각이 일상이 되는 곳.

좋은 곳에 머물기 위해서는 떠날 수 있는 용기가 필요하다.
지켜낼 수 있는 묵직함이 필요하다.

거기가 좋다면 거기서도 괜찮다.
하지만, 불편하다면 더 좋은 곳도 많이 있는 걸.

거닐고 싶은 숲 Ⅱ

상상이 지식보다 중요한 것은
가지 못할 곳이 없기 때문이다.
지식으로는 도달하지 못하는 곳을
상상은 먼저 가보게 하는 것이다.

좋은 것을 보게 되면
견딜 수 없게 되는 것이다.

견딜 수 없는 마음은 온갖 지식을 동원하여 결국은,
가고 있는 것이다.
가게 되는 것이다. 그 곳으로.

거닐고 싶은 숲 III

아
크
릴

18
*
18

질문을 바꾼다.

결정적인 순간
반짝거린다.

무료함을 벗어날 수 있는 문장을
새겨 넣는다.

나는 나에게 솔직하고 싶다.

아크릴 20*20

행운이 온다 Ⅰ

이익이 되는 일이 나에게 노크를 하면
의로운 일인지 생각해 본다.

그것뿐이다.

때로는 거절하는 것이 진짜 행운이다.

행운이 온다 II

아
크
릴

20
*
20

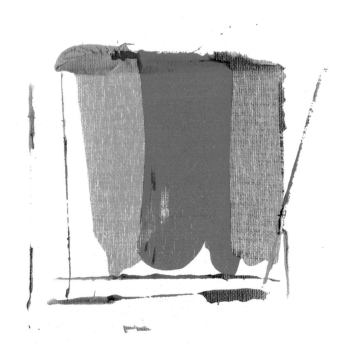

한계를 정하지 않는다.
신이 제한하지 않은 나의 영역을
내가 먼저 막지 않을 것.

엄마가 주는 맛있는 밥은
입을 크게 열고
받아먹으면 된다.
투덜거리지 말고
행복하게.

아크릴 20*20

행운이 온다 Ⅲ

행운은 곱하기의 법칙을 따른다.
아무것도 얻지 못하고 있다면
일단 더할 것.

0에서 1로 1에서 2로
거기에서부터 시작하는 것이다.

행운이 온다 IV

아
크
릴

20
*
20

결정은 결과를 데리고 온다.

조금만 미뤄도
훨씬 더 멀어질 것을 알기에

길게 보되, 바로 한다.
바로 하면, 더 빨리 오는 것이다.

아크릴 20*20

행운이 온다 V

당겨쓰면 위기가 온다.

그러니 당겨쓰지 말고 모아써야 하는 것이다.
나의 것이 아닌 것을 빼앗아 쓰지 말고
나에게 온 것을 방탕히 쓰지 말고

소중하게 대하면
단단히 동여매 주는 것이다.
위기에서 재빨리 도망갈 수 있는 것이다.

<IRO IRO展> 전시 작품

행운이 온다 VI

아
크
릴

20
*
20

슬픔이 오면 슬픔을 피하면 되고
기쁨이 오면 기쁨에 머물면 된다.

갓 태어난 아기는 엄마와 자신을 구분하지 못하지만
자라날수록 타인과 자아를 구분 짓게 된다.

우리는 자라나야 하고
자라나면 알게 된다.
내가 아닌 것들을.

슬픔이 오면 피하면 되고, 기쁨이 오면 머물면 된다.
슬픔도 기쁨도 내가 아닌 것이다.

딸 그리고 엄마 쓰다

보려고 하면 보이는 문 II

보기 위해서는 보지 말아야 한다.
너무 많이 보면
진짜 봐야할 것을 보지 못한다.

보고만 있다가
놓치는 것이다.
어디로 가야 할지를

가기 위해서 가야 할 곳만 보고 걷는다.
올라서면 보이는 것이다.
이 길로 오라며 손짓해줄 수 있는 사람이 되는 것이다.

보려고 하면 보이는 문 Ⅲ

아
크
릴

73
*
138

내버려 두지 않을 것이다.
당신이 나를 그렇게 대하도록.

아프면 아프다고 이야기 할 것이다.
머릿속이 정리되면 인생이 바뀔 것이다.

찌르는 것들 사이가 아니라
설레는 것들에 둘러싸여 살 것이다.

따로

또

같이

I

혼자만의 시간을 견딘다.
계속하는 사람이 된다.
모든 스위치를 내리고 나에게 집중하다 보면
누군가도 나에게 집중하고 있다.
자신의 스위치를 켠 채 말이다.

<IRO IRO展> 전시 작품

따로 또 같이 II

아
크
릴

30
*
20

좋은 음식을 몸에 담으면 건강해진다.
나쁜 음식을 몸에 담으면 건강을 해치게 된다.

좋은 소리를 영혼에 담으면 평안해진다.
나쁜 소리를 영혼에 담으면 피폐해진다.

너무나 당연한 이치 아니던가!
가까이 있는 것들로 물들어 가는 것은 시간문제이다.

아크릴 30*20

따로 또 같이 Ⅲ

특별하지 않아도 걸어보지 않았던 길로 산책하고
특별하지 않아도 주문하지 않았던 차를 시켜보고
특별하지 않아도 예쁜 모종을 사서 화단에 옮겨 심어준다.

특별하지 않아도 볼을 쓰다듬어 주며 환하게 웃고
특별하지 않아도 잘 하고 있다고 칭찬해주고
특별하지 않아도 함께 그림을 그리며
대단한 작품이라도 보듯이 환호한다.

263   <IRO IRO展> 전시 작품

너에게도 봄 Ⅰ

아
크
릴
&
석
고

18
*
13

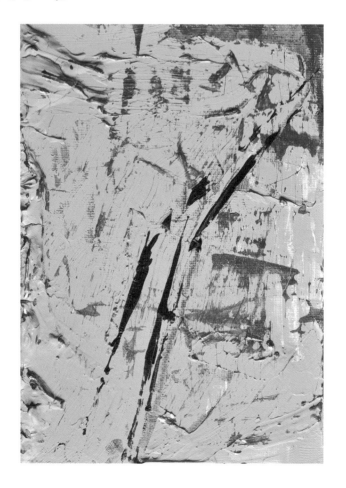

너의 미래만 본다.
다른 사람의 생각, 다른 사람의 속도 말고
오직 너만 보고 있으면 용기가 꽃봉오리처럼 불룩해진다.
꽃처럼 피어나는 계절이 너에게도 올 것이다.

누구에게나 있는 저마다의 재능이 너에게도 있다.

딸 그리고 엄마 쓰다   264

너 에 게 도 봄 Ⅱ

많은 시간을 기록했다.
앙상한 시간 사이로 빛이 들어와서 살포시 눈을 감았다.
계절은 겨울로 시작해서 풍성한 가을로 끝을 내는 것이다.
너와 나는 추운 계절을 지나 봄으로 가고 있구나.

너에게도 봄 Ⅲ

아
크
릴
&
석
고

18
*
13

언제 어디서든 봄을 부르는 마법이 있다.
그것은 칭찬이다.
그 누구든 칭찬 앞에서 설레지 않을 재간이 없다.
그 누구든 칭찬 앞에서 훌륭해지지 않을 방도가 없는 것이다.

너
에
게
도

봄
Ⅳ

한 조각 한 조각씩 살아날 것.
내가 무엇에 행복해 하는지 스스로 알고 있을 것.
내가 무엇에 행복해 하는지 적극적으로 알릴 것.
자연에서 자주 시간을 보내고
사람을 사귀듯 책과도 사귈 것.
많은 것을 정리하고, 진짜 소중한 것을 지킬 것.

<IRO IRO展> 전시 작품

숨

아
크
릴
&
석
고

18
*
13

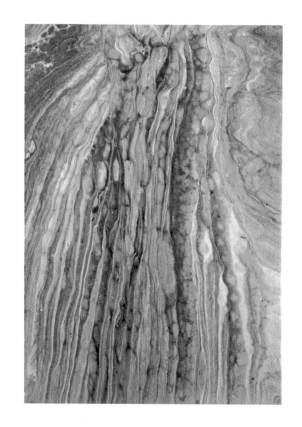

모든 시간은 내가 정해서 할 것이다.
이른 아침 막 떠오른 햇살이 동공 안으로
잠시 스며들도록 내버려 둔 후
생각 없이 타버리는 하루가 되지 않도록
가볍게 몸을 털어볼 것이다.

성공의 척도는 낮잠으로 정할 것이다.
책을 읽다가 깜빡 조는 한 낮의 풍경과 바꿀 만한
그 무엇도 나는 모른다.

아크릴&석고 18*13

서
두
르
지

말
고

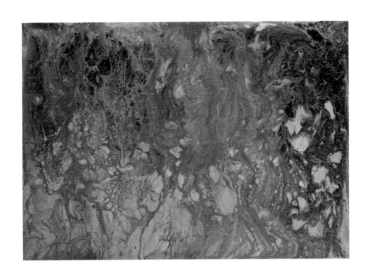

서두르다 보면 자꾸 서툰 사람이 되어간다.
조급해하다 보면 자꾸 저급한 사람이 되어간다.
놓지 못하면 잡히는 사람이 되니까
마법의 문을 그려 달아난다.
길은 따로 있다.
타인에게 물어서 도달할 수 있는 길은 아닌 것 같다.

269   <IRO IRO展> 전시 작품

생명력

아
크
릴
&
석
고

18
*
13

착한 사람도 누구에게나 늘 착하게 대할 수 없다고 그는 말했다.
착하기만 한 것은 옳은 일이 아니라는 것쯤은 이제 나도 안다.
가지치기를 하거나
마른 잎들을 떼어내 버리는 이유는
시간을 잡아먹히지 않기 위해서다.
더 느리게 흐르기 위해서다.

솟아오르다

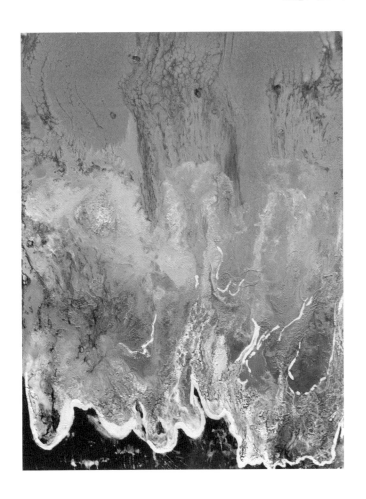

나를 흔드는 것들로부터 급히 도망쳤다.
예수나 석가모니 같은 가난한 성인들의 이름을 팔아
부자가 되는 사람들을 심심하지 않게 발견한다.
돈이 많다면 결국 나도 함부로 쓸 것이다.
살 수 있다면 시간을 사서 마음껏 낭비해보고 싶다.
같은 무게라면 십자가 말고 돈다발을 메고 싶다.

<IRO IRO展> 전시 작품

밀당

아
크
릴
&
석
고

29.5
*
39.5

아무렇지 않게 선을 쓱 넘기고서는 씩 웃는다.
깜짝 놀랐는데
미워할 수가 없다.

우리는 그렇게 살짝살짝 선을 넘기며 산다.
다른 사람 마음으로
감정을 밀어 넣으며 산다.

이 정도는 귀엽게 봐주면 안 될까?
거짓말인데,
더는 안 넘을게!

시
간
여
행

과학과 철학 사이에서 잠시 헤맸다.
가끔은 어려운 것들과 마주한다.
강아지와 사람의 나이를 환산하는 것에 대해 아이가 묻는다.
나는 저 앞의 몇백 년 된 나무가 도대체 무엇까지 봤는지 궁금하다.
꼭 한 가지 물어봐도 된다면
저마다의 기한을 정한 이의 진짜 이름이 뭐냐고 묻고 싶어지다가
결국에는 옆 사람과 같은 것을 구할 것을 알기에 그냥 내가 아는
이름을 최선을 다해 부른다. 부르면 항상 와줬으니까.

뽀뽀하세요! 당신의 사랑스러운 것들에게

엄마인 나는 단아의 미래를 위해 단아가 그림을 그릴 수 있도록 지도해주고 있습니다. 아이는 여러 색깔의 물감들을 하얀 캔버스 위로 흥건히 흘려줍니다. 넓게 퍼지다가 아래로 뚝뚝 떨어지는 물감들을 보고 있자면 자연스레 많은 것을 깨닫게 됩니다.

흐르는 것은 너무 아름답다.
흐르는 것은 변하고
변화하는 역동의 순간은 그 순간대로 찬란하게 아름답다.

아이가 흘려보낸 물감들의 가장 적절한 순간을 조심히 말려 둡니다. 작품이 된 물감들의 한 순간을 보고 있으면, 내 안에서도 잘 말려 간직되어 있던 소중한 순간들이 떠오릅니다.

작은 내 손가락이 귀엽다며 살살 깨물어 주던 엄마의 젊은 날
잠들 때마다 포근함을 내어주던 아빠의 든든한 어깨

어렸던 나는 흐르고 흘러 어머니의 주름진 손과 닮아가고
어렸던 남편은 흐르고 흘러 아버지의 흰 머리카락과 닮아가
고 있습니다.

오늘도 모든 시간이 흐르기 전에
아이들 볼에 부지런히 뽀뽀합니다.
사랑하는 것들에 뽀뽀하세요.
당신의 정해진 그 모든 시간이 다 흘러가 버리기 전에
쓰다듬어 주며 고백하세요.
사랑한다고.
많이 사랑한다고.

당신이 소유하고 있는 것이 돌이든지 보석이든지 상관없잖
아요. 아껴주면 보물이 될 테니까요.

당신의 부모님이 더 늙어버리기 전에
내 자신의 열정이 다 사라지기 전에
당신의 자녀가 다 커서 당신 품을 떠나버리기 전에

우리는 매 순간 더욱 소중하게 사랑해야 합니다.
이것이 제가 아이의 그림을 보며 배운 깨달음입니다.

단아의 그림을 보고 배운 깨달음 위로 하나의 소망을 더 얹
어보자면, 자폐증에 대해 무관심한 사람들에게 관심의 스위치
를 눌러주고 싶은 마음입니다.

"이 그림이 자폐 아이가 그린 그림이래."로 끝나지 말았으면 좋겠습니다. 이 그림이 그려지기까지 흘려왔던 자폐 아이와 그 가족의 눈물에 대해, 언어로는 도저히 표현할 수 없는 그 고통에 대해, 공감할 수 있는 마음이 당신 안으로 흘러들어 갔으면 좋겠습니다.

엄마인 나는 단아의 미래를 위해 단아가 그림을 그릴 수 있도록 지도해주고 있습니다. 단아가 흘려보낸 물감이 당신의 공감과 관심 사이로 잘 흘러서 단아가 더 풍성한 미래를 맞이할 수 있으면 좋겠습니다.

당신은 단아 덕분에.
단아는 당신 덕분에.

< 3챕터를 닫으며, 단아 엄마 드림 >

메마른 곳에서 피어나는 희망

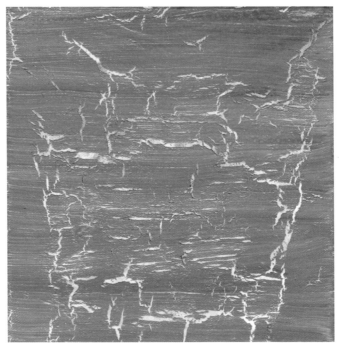

아크릴 20*20

4.
메마른 곳에서
피어나는 희망

한다고 하면서 사는데
인생은 열심히 한다고 잘 살아지지는 않는다.

하지만, 때로는
자신의 전부인 낡은 쇠도끼를
잃어버린 바로 그 자리에서
금도끼를 얻기도 하는 것이 인생이기에

진심을 지속하는 것이다.

너의 진심을 지속하기를 간절히 바랄게

때론 우리가 모르는 사이에도 이미 멋지게 시작된 것들이 있습니다. 하지만 지속하지 않는다면 그 끝의 환희를 경험하지 못할 거예요.

저는 제가 누구인지 정의 내리기가 어려웠습니다.
자신의 어는점과 끓는점을 몰랐기 때문이지요.
이제는 미지근한 액체가 아닌, 차가운 고체와 뜨거운 기체로 확장해나갈 수 있는 존재임을 조금씩 체감하고 있습니다.

처음은 누구에게나 어려워요.
시작이 반이라는 말을 믿습니다.
'시작'에는 많은 에너지가 필요합니다. 하지만 일단 시작하고 난 후, 자주 그 길을 지나가다 보면 어색한 풍경들이 조금씩 익숙한 풍경으로 다가오는 시점을 발견하게 됩니다.

저는 시작하기 위해서 '처음'이라는 문턱을 많이 낮춥니다.

그 다음부턴 나의 시작이 타인에게 폐가 되지 않도록 최대한 신경을 씁니다. 결국에는 타인을 배려하는 마음이 저를 성장시키는 또 다른 동력으로 작용하는 것을 깨달았거든요.

"안 하면 0%, 하면 50%"

하고 싶은 일이 있다면 일단 시작해보는 것은 어떨까요?
50%라는 기적 같은 확률이 자주 생겨나기를, 부족하고 실수하는 자기 자신을 마주하더라도 우리 스스로를 너무 미워하지 말기로 해요.

이번 챕터는 사실 일기 형식을 가장한 소설입니다. 아직 일어나지 않은 일을 상상해 보는 것이니까 소설이 맞겠죠? 어떤 사람들은 "소설 쓰고 앉아 있네!"라고 말할지 모르겠지만, 상상하는 일이 돈 드는 일도 아닌데, 기분 좋은 상상을 도대체 왜 멈춰야 하는지 잘 모르겠습니다.

어렸을 때부터 늘 '비행기 많이 타면서 살고 싶다' 했더니 이민 생활을 하고 있고, 멋진 남자친구에 대한 상상을 구체적으로 했더니 너무나 자상한 남편과 함께 살고 있고, 일본에 이민 와서는 한국어 선생님이 되어야겠다고 생각했더니 많은 제자들이 생겼고, 작가가 되고 싶다는 말도 안 되는 환상을 가졌더니 작가가 되었습니다.

고등학생 때는 막연히 서른쯤에 전시회를 여는 꿈을 꾸웠어요. 그러나 서른과 멀어지면서 잊힐 뻔했던 그 꿈이 결국은 마흔에 단아의 전시회로 불꽃을 피우고 있습니다.

단아가 손으로 밥을 먹고 있는 순간에도 "우리 천재! 하나님이 보내주신 선물"이라고 고백하고, 인아가 친구들과 싸우고 들어와 징징거릴 때도 "인아는 세상에서 가장 행복한 사람"이라고 말해줍니다.

누군가를 미워하며 원망하는 지옥 같은 고통속으로 나를 밀어 넣고 싶지는 않습니다. 지옥 같은 고통의 순간에도 천국을 상상하면 이미 나는 천국에 있습니다.

버킷리스트처럼 미래에 대한 소망이나 희망을 설레는 마음으로 상상해봅니다. 그 기분 좋은 상상 속으로 여러분을 초대하고 싶어요.

이번 챕터는 민망하다 싶을 정도도 너무 짧아요. 하지만 여러분에게 가장 큰 영감을 줄 수 있길 바랍니다. 제가 다 기록하지 못한 상상들을 여러분들이 이어서 써 내려가면 좋겠습니다. 다른 사람을 해치는 것이 아니라면, 뭐든지 상상하고 뭐든지 이뤄냈으면 좋겠어요. 우리!

< 4챕터를 열며, 단아 엄마 드림 >

너와 꿈꾸는 미래를 상상해
(2021년~, 미래 일기)

**년 **월 **일

발포 비타민을 물에 넣으면 쏴~ 소리를 내며 탄산이 물 안으로 퍼진다. 비타민을 품은 탄산이 한 순간에 피를 타고 온몸의 말초 신경까지 도달한다. 눈이 번쩍 떠진다.

DM(다이렉트 메시지)을 확인하다가 방금 마신 발포 비타민이 내 정신에까지 스며든 것처럼 다시 한번 눈이 번쩍 떠졌다. 단아의 작품을 사고 싶다는 팬심 가득한 장문의 메시지였다.

전시회 이후에도 가끔씩 단아의 그림을 SNS에 올리고 있다. 언제가 될지 모르겠지만 다음 전시회를 위해 그림들을 모으고 있다. 전시회가 끝난 이후, 단아의 그림을 판매할 계획이 없었는데 이렇게 적극적으로 작품을 사겠다는 사람들이 있다는 것은 정말 기분 좋은 신호다.

DM 내용을 스캔해서 남편에게 문자를 보낸다.
가격을 어떻게 정할지 행복한 고민을 해야 하는 순간이다.

**년 **월 **일

단아의 작품 아니, DANA_a 작가의 작품이 온라인상에서도 판매된다는 소식을 접한 사람들이 구매에 관심있다는 글들을 올리기 시작했다.

단아도 알까? 사람들이 단아를 아껴주고 있다는 사실을. 전 시회 때 많은 사람 앞에서 잔뜩 긴장해서 엄마에게 업히려고 만 했던 단아가 생각난다.

'지금 상황들이 단아에게 무슨 의미가 있을까?'

생각해 보면 단아는 그 모든 것과 상관없이 늘 뛰어다니고, 분주한 엄마를 붙잡아 오랜 시간 귀를 파달라고 하고, 어딘가 아프고 불편할 때는 표현도 못하고 운다. 예전이나 지금이나 단아는 변함없다. 바뀐 건 내가 아닐까?

'어떻게 죽지? 단아를 데리고 죽어야 하나? 아니면 혼자 죽 어야 하나?'를 고민했던 내가 이제는 죽음과 약간의 거리를 두게 되었고, 조금은 밝은 표정을 지을 수 있게 되었다.

여전히 깊은 어둠의 일상은 변함없지만 한 줄기의 빛을 발견 했고, 그 빛으로 인해 축축해진 몸과 마음을 말릴 수 있게 됐 다는 사실에 깊은 안도를 느낀다.

**년 **월 **일

나의 첫 책, <오늘도 좋은 일이 오려나 봐>가 곧 2쇄를 발 행할 것 같다.

하루에도 수많은 책들이 세상에 나오고 또 하루에도 수많 은 책들이 잊혀진다. 나는 잊혀진 책처럼, 내 자신이 아무도 모 르는 곳에 놓여져 있기를 원치 않는다. 나는 더 이상 그렇게

4
메마른 곳에서 피어나는 희망

살고 싶지 않다.

"찾아서 읽고 싶어지는 사람이 되고 싶다."

일단 2쇄를 발행한다는 건 찾아서 읽고 싶은 작가가 되고 있다는 의미가 아닐까? 참 다행이다. 감사하고, 진심 기쁘다. 그리고 욕심을 부려 상상해본다. 베스트셀러 작가가 된 모습을. 하하!

**년 **월 **일
또 반가운 소식이 날아들었다.
언더 쪽에서는 꽤 유명한 그룹이 있는데 나에게 가사를 써주지 않겠냐며 제의를 해왔다. 그룹의 멤버 중 한 명이 단아 팬이라고 말했다. 나는 너무 기뻤다.

부담 갖지 말고 나의 감성을 그대로 담아 가사를 써달라고 했다. 과연 부담스럽지 않을 수 있을까? 감미로운 목소리로 내가 쓴 가사를 노래한다니 상상만으로 너무 흥분되고 즐겁다.

어제는 간만에 한 숨도 못 잤다. 너무 행복해서.

**년 **월 **일
단아가 중학생이 되었고 특수학교에 입학했다.
집에서 멀리 떨어져 있어 차를 타고 등·하교를 해야 된다. 단아가 입학할 특수학교는 단아가 아기였을 때 한 2년 정도 살았던 마을 근처에 있다. 그 학교에서 장애 아이들이 우루루 몰려나오던 걸 기억한다. 이상한 소리를 내며, 머리에 특이한 모자를 쓰고, 누군가의 손을 잡고 버스를 기다리던 아이들. 그 아이들 중 한 명이 내 딸, 단아가 될 줄은 그때는 정말이지 꿈에도 몰랐다.

단아가 특수학교로 입학을 하면서 가장 염려된 부분은 고립의 문제였다. 초등학교에 다닐 때는 일반 초등학교의 특수학급이라서 비장애 아이들과 소통할 수 있는 기회가 조금은 있었다. 공부는 따로 했어도 비장애 아이들 속에 함께 있었다.

특수학교에 입학하는 순간부터 단아는 비장애 친구들과 함께할 수 있는 기회가 사라질 것이다. 같은 사회에 살아도 같은 사회가 아닐 것이며, 세상과는 물과 기름같이 좀처럼 섞여 살지 못하는 시스템 안에서 고립되어 갈 것이다.

하지만 내게 주어진 선택지는 없다. 그렇게 절망감이 몰려올 때 아주 기쁜 소식이 들렸다.

인근의 학교 재단에서 단아의 중·고등학교로 통합교육을 제안한 것이다. 비록 주 1회 2시간 뿐이지만, 장애 학생 1명을 포함한 6명이 한 조가 되어 특별 활동을 한다. 교육 방침상 비장애 아이들이 장애 친구를 도와준다기보다는 장애를 함께 이해하고 배우는 것이 목적이다. 도와주는 '갑'과 도움받는 '을'의 관계가 아니라 함께 하는 동등한 관계에 대한 교육이다. 처음에는 서로가 서툴겠지만 단아와 친구들은 서로에게 배우고 깨닫는 시간이 될 것이다.

어릴 때부터 장애 아이와 비장애 아이들이 함께하는 통합교육이 지속적으로 이루어지고, 더욱 확대가 된다면 장애에 대한 잘못된 편견을 깨뜨릴 기회 또한 늘어날 것이다. 그냥 장애를 가진 평범한 친구가 될 것이고, 서로가 서로에게 어떻게 대해야 하는지도 자연스럽게 알게 될 것이다. 익숙해질 것이고, 더 이상 힐끔힐끔 보게 되거나 놀라 도망가는 일도 없게 될 것이다. 장애와 비장애의 경계가 희미해질 미래가 기대된다.

통합교육을 제안해준 교장선생님, 그 제안을 지지하고 지원을 아끼지 않은 학부모님들과 선생님들께 감사를 드린다. 도리어 나에게 단아를 낳아 잘 키워줘서 고맙다고 말씀해주신 모든 분들께도 감사 인사를 드리고 싶다.

**년 **월 **일

오로라를 보기 위해 캐나다 옐로나이프에 왔다.

2021년 하늘에서 떨어지는 초록 화구를 본 이후에 나는 남편에게 오로라를 보러 가자고 말했다. 준비하는 과정이 너무 힘들어서 몇 번을 포기할까 고민했는데 역시 오기를 잘 했다는 생각이 든다.

단아와 함께하는 첫 해외여행이라 온통 긴장의 연속이다.

그래도 우리 딸 참 많이 컸다. 우리 인아에게도 고마운 마음이 크다. 인아에게도 평생 잊히지 않는 추억이 되고, 힘들 때마다 꺼내쓸 수 있는 큰 에너지가 되면 좋겠다.

오늘 밤에 오로라를 볼 수 있는 확률이 크다고 해서 잔뜩 기대중이다. 제발~ 제발!! 오로라야 나타나 줘! 너 보러 얼마나 힘들게 왔는데!

여행의 모든 과정을 하나 하나 잘 기록하고 있다. 일본으로 돌아간 후에는 모든 기록을 잘 정리해서 여행책으로 출간할 계획이다. 그 책도 꼭 대박 나기를.

**년 **월 **일
단아의 두 번째 개인전이 성황리에 마무리 되었다.
첫 번째 전시 후, 일본 츄코TV(中京テレビ) 캐치(キャッチ)에서 단아의 사연이 방영된 후, 여러 다양한 매체에서도 단아의 활동에 관심을 보였다. 감사하게도 꾸준히 팬들이 늘었고 그림을 SNS에 올리면 판매로 이어졌다. 굳이 전시회를 해야 하나 고민을 많이 했지만, 초심을 잃지 않고 오프라인 전시회를 열어 고마운 분들을 초대하고 싶었다.

단아가 초등학교 5학년 때 처음 열었던 전시회는 진짜 아무 것도 모르고 했는데, 두 번째 전시회는 확실히 첫 번째보다 마음의 부담이 컸다. 그럼에도 단아의 성장한 모습을 보여드리고 싶어 최선을 다한 전시였다.

이번 전시회의 주제는 'Light Up Blue'라는 주제로 개최되었다. 보다 많은 사람들에게 자폐스펙트럼 장애에 대한 인식을 높이기 위한 전시였다. 전시 주제에 맞게 단아가 파란색 계열의 그림을 많이 그렸으면 하는 마음에 파란색 물감을 더 많이 사다 놓은 것은 안 비밀!

**년 **월 **일

일본에서 법이 개정되면서 일반 학교의 특수학급 선생님들이 특수교육 전문 인력으로 배치되었다. - 이 글을 쓰는 2022년 1월, 일본은 아직 특수학급 선생님이 특수교육 전공자가 아니다 - 비정규직이 아닌 정규직 채용이었고, 선생님 1명당 담당하는 장애 아이는 6명이 아닌 3명으로 변경되었다. 그뿐 아니라 일반 학급의 선생님들도 정기적으로 특수교육에 관한 강의를 1년 중 10시간 이상씩 수료해야 한다. 물론 반발하고 불만을 표현하는 교육자들도 있지만, 그런 낡은 인식은 외면당하고 있다. 이제는 사회가 변했다. 단아도 지금과 같은 환경에서 교육을 받을 수 있었으면 좋았겠지만, 지금이라도 법이 개정되어서 얼마나 감사한지 모른다.

**년 **월 **일

지금 살고 있는 맨션 2층을 구입해 미술 학원을 하나 차렸다. 사실 미술 학원이라기보다는 단아와 발달장애 아이들을 위한 다목적 공간이다.

단아가 그림을 그릴 독립된 공간이 필요했고, 방과 후에도 발달장애 아이들이 활동할 수 있는 특별한 공간을 만들고 싶었다. 낮에는 한국어 교실로도 사용하고, 원하는 사람이 있다면 유료로 공간을 대여해주기도 한다. 거실을 포함해 총 4개의 공간으로 나누어져 있다. 주로 낮에는 개인이나 그룹 레슨을 하고 있다. 한 공간은 완전히 장애인 단기 보호소의 공간으로 제공하고 있다. 더 많은 공간을 내어줄 수 없어 여성 전용으로 운영하고 있지만, 안전하고 쾌적한 공간을 제공해줄 수 있음에 감사하다. 이익이 남는 사업은 아니지만 꼭 필요한 공간이라고 생각하고 있기 때문에 오랫동안 유지되었으면 좋겠다. 이 공간을 찾는 사람들이 장애인이든 비장애인이든 모두가 행복했으면 좋겠다.

**년 **월 **일

며칠 전에 단아가 성인이 되었다.

단아의 성인식(성인의 날)에 맞춰 여행을 갔다 왔다. 동생 인아가 언니에게 축하한다며 자신의 용돈을 아껴 향수와 꽃을 선물했다. 우리 집 여자 셋은 후지산이 바로 보이는 가족 온천에서 장미 꽃잎을 잔뜩 뿌려놓고 아이처럼 놀다 왔다.

내가 단아를 낳은 그날로부터 참 멀리 왔다.

그 사이 많은 일들이 있었지만 잘 커준 우리 두 딸들. 너무 대견하고 고맙고, 한결같이 늘 내 곁에서 나를 지켜주고 응원해주는 우리 남편, '고맙다'라는 말로는 부족하다.

**년 **월 **일

단아는 엄마와 떨어진 별도의 공간에서 산다.

말하자면 독립이다. 단아처럼 독립을 원하는 중도 장애인들을 위해 나라에서 아파트 보조금을 지원해준다는 이야기를 듣고, 다목적 공간으로 쓰고 있는 맨션 2층을 주거공간으로 신청했다. 다행히 지원을 받게 되었다.

단아의 독립 생활을 도와주는 선생님들이 세 분 계신다. 그분들이 3교대로 돌아가면서 단아의 안전과 교육을 책임져 주고 있다. 단아가 기본적으로 먹고, 입고 쓰는 생활비는 장애연금으로 지출하고, 독립지원서비스는 나라에서 무상으로 지원받고 있다.

단아는 요즘 산책과 수영으로 아침을 시작한다. 날씨가 무덥거나 추운 날에는 산책을 쉬는 날도 있지만, 수영장은 집 바로 옆에 있어서 휴관일을 제외하고는 매일 수영장으로 출근한다. 수영을 마친 후 데이서비스로 가서 점심을 먹는다. 오후시간은 데이서비스 프로그램에 따라 움직인다. 데이서비스 일정을 마치고 집에 오면 오후 5시 30분이다. 집에서 생활지원 선생님과 함께 요리를 해서 저녁을 먹고, 그림을 그리다가 씻고 잠이 든다.

1~2주에 한 번은 나와 미술관 데이트를 즐긴다. 단아 컨디션이 좋은 날에는 카페에 가기도 한다. 남편이 퇴직을 하면 단아와 카페를 운영할 거라고 말한다. 단아 월급을 얼마나 많이 주려고 그러나? 싶어서 웃어버린다.

단아는 단아대로 잘 살라고 하고, 우리 부부는 우리의 행복한 노후나 생각하면서 삽시다.

**년 **월 **일
친정 언니들과 간만에 단합회를 하러 제주도에 왔다. 네 자매가 함께 하기엔 한 달이라는 시간은 길다면 길고, 짧다면 짧다. 그래도 너무 기대된다.

단아를 독립시키기 전까지는 온종일 단아에게 매여있어 오랫동안 여행을 떠난다는 것은 상상조차 해본 적이 없었다. 살다보니 나에게 이런 자유로운 순간이 오는구나!

**년 **월 **일

60층 정도로 건물을 높여도 모자랄 노른자 땅에 전통한옥을 지어 개관식을 했다. 어떤 이들은 부럽다고 했고, 어떤 이들은 멋있다고 했고, 어떤 이들은 훌륭하다고 했고, 어떤 이들은 무모하다고도 했다.

아주 오래전부터 일본에 아주 멋진 한옥을 짓는 것이 꿈이었다. 인아는 건축가가 꿈이었고, 단아는 이미 유명한 화가이고, 아빠는 늘 그렇듯 우리 집안의 기획을 도맡아서 하고 있다. 이 모든 에너지가 합쳐져 우리 가족은 또 한 번의 도약을 했다.

한옥 안에 갤러리를 지어 단아의 그림을 걸었다. 다른 한쪽에는 화가들의 특별전이 열릴 것이다. 많은 사람들은 전통 한옥의 아름다운 정취를 느끼기 위해, 그 안에 어우러진 화가들의 작품을 보기 위해, 잠시 시름을 놓기 위해, 영감을 얻기 위해 이곳을 방문하게 될 것이다. 무엇을 내려놓고, 무엇을 얻었는지 알게 될 것이다.

**년 **월 **일

남편 퇴직을 앞두고 부부싸움을 했다. "이스타 섬 가는 건 자기 꿈이지 내 꿈이 아니잖아! 난 아무튼 절대 안 갈 거니까

그런 줄 알라고!" 몇 번이고 딱 잘라 말했는데 자꾸 철부지 아이처럼 졸라댄다.

남편 버킷리스트 중 하나가 퇴직하면 이스타 섬으로 여행을 떠나는 거였다. 하지만 난 정말 이스타 섬의 모아이(석상)에는 단 1도 관심 없는 사람이고, 그냥 편한 게 좋은 사람인데 나한테 왜 이러는지 모르겠다.

남편은 억울한 듯 자기 역시 관심도 없는 오로라를 나를 위해 보러 갔다며, 그때 했던 개고생을 나에게 떠올려 보라며 지난 이야기를 꺼낼 때는 정말이지 엉덩이를 발로 차고 싶은 심정이다. 단아, 인아 키워 놓으니 이제는 남편이 그 자리를 차지하려고 앙탈을 부린다. 아니, 자기도 그때 입을 헤~ 벌리고 침 흘리면서 한참을 봐 놓고서 이제 와서 저렇게 막무가내로 우기면 반칙 아닌가?

정말 가기 싫다. 단아도 걱정되고. 이렇게 가기 싫은 여행을 가야 하나? 모르겠다.

그냥 퇴직 하지 말고 계속 일하면 안 될까 남편?

**년 **월 **일
인아가 남자친구를 데려왔다.
지금까지도 잘 지내는 애들이 몇몇 있었는데, 이제는 나이도 있고 그래서 그런지 꽤 진지하게 만나는 느낌이다.

오늘도 좋은 일이 오려나 봐

뭐~ 잘 생겼으니 됐다. 남자는 자고로 외모지! 아주 잘 빠진 녀석! 엄마는 무조건 합격!

**년 **월 **일

손자, 손녀가 할미 집에 놀러 왔다. 애미, 애비 없이 와서는 무진장 어질러 놓고, 때 되면 밥해달라 하고, 저것들 인아를 그대로 닮았나? (웃음)

애들 다 키워 놓고 자유인이 되나 했더니 웬걸, 남편이 그 자리를 차지했다. 이제는 손자, 손녀가 그 자리를 비집고 들어온다.

오늘은 집에 단아도 불렀다. 단아한테 애들 좀 보라고 했더니 이모가 애들을 봐주는 건지, 애들이 이모랑 놀아주는 건지 헷갈린다. 그래도 다른 사람들에게는 별 관심도 없는 단아가 자기 조카들은 예쁜지 눈을 떼지 않는 것이 신기하다. 오랜만에 집이 북적북적하니 외로울 틈이 없다. 인아 부부는 결혼기념일이라며 애들까지 맡겨놓고 둘이서 잘 보내고 있는지 모르겠다.

할미는 큰 캔버스와 물감 그리고 붓을 6살 손녀, 4살 손자게 쥐어주며 말한다.

"우리 예쁜 똥강아지들! 단아 이모랑 그림 좀 그려. 예쁘게 그리면 갤러리에 걸어줄게."

단아에게 기적 같은 하루가 주어진다면

단아야!
엄마는 단아에게 기적 같은 하루가 주어진다면

"단아야, 잘 잤어?"
"응, 잘 잤어. 엄마는?"

이런 평범한 대화로 아침을 시작하고 싶다.
그리고 제일 먼저 너와 멋진 레스토랑에 가보고 싶어. 외출하기 위해 세수와 양치질을 시켜주지 않아도, 옷을 입혀주지 않아도, 스스로 하고 있는 너의 모습을 본다면 세상에서 가장 흐뭇한 표정이 지어질 거야. 너와 함께 탄 엘리베이터에서도 잔뜩 긴장하지 않을 것이고, 차 안에서도 고통스러워하지 않을 테지. 네가 머리를 박는 일은 없을 테니까.

그날은 우동이 아닌 멋진 요리로 주문하고 싶어. 너도 남들처럼 조용히 앉아서 포크나 스푼을 이용해 식사를 할 수 있을 테니까. 나는 음식을 손으로 먹지 않는 너의 모습을 보면 너무 행복해서 눈물이 나올지도 모르겠다. 갑작스럽게 눈물을 흘린 나를 보며 당황한 너는 "엄마, 갑자기 왜 울어?"라고 물어보겠지? 그럼 난 능청을 떨며 "하품해서 그래."라고 이야기할 거야.

식사를 한 후에는 함께 쇼핑을 즐길 거야. 너와 사이좋게 팔짱을 끼고 걷고 싶다. 달리는 차를 향해 네가 갑자기 뛰어들지는 않을까 조마조마하지 않고 그냥 평범하게, 사람이 많은

오늘도 좋은 일이 오려나 봐

곳에서 그들에게 섞여 단아 너와 함께 걸어보고 싶다. 나보다도 큰 네가 내 등에 업히려고 떼쓰다가 내 몸이 바닥에 나뒹굴어지는 일 따위는 절대 없을 테니까. 무엇을 사고 싶은지 물어볼 테니, 꼭 말해주렴. 그게 무엇이든 그 기적 같은 날에는 전부 다 사줄 테니.

동생 인아와 평범하게 대화하며 노는 단아를 보고 싶고, 그런 너희들을 보며 흐뭇한 표정을 짓고 싶다. 미용실도 가자. 며칠에 걸쳐 삐뚤빼뚤 잘라주는 엄마의 가위질이 아니라 전문가의 손길로 다듬어진 단정한 네 머리를 보고 싶다.

저녁에는 식구들과 다 함께 온천에 갈 거야.
벌거벗은 아가씨가 문 밖으로 뛰어나갈 걱정없이, 가슴이 봉긋 나온 딸이 깨벗은 채로 엄마 몸 위에 찰싹 달라붙어 있는 모습을 힐끔힐끔 쳐다보는 시선 없이 온천을 즐길 수 있을 테니까. 평안한 시간을 너와 함께 보내고 싶구나.

볼일 보는 네 앞에서 쪼그리고 앉아 x냄새를 맡지 않아도 되는 그런 저녁을 맞이하고 싶다. 아빠도 그날은 새벽 2시에 이불에 오줌 쌀까 봐 잠든 너를 안고 화장실에 다녀오지 않아도 되니까 참 좋겠구나. 아빠가 그날만큼은 푹 주무셨으면 좋겠다.

엄마의 꿈이란다.
그런 날이 진짜 온다면 세상 그 무엇이 부러울까?

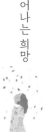

너의 모든 이야기를 듣고 싶다.

엄마에 대해 어떻게 생각했는지, 서운한 것은 없는지, 평소에 엄마한테 바라는 것은 없는지.

단아, 너에게 기적 같은 하루가 주어진다면

엄마가 원하는 하루가 아니라 네가 살아보고 싶었던 그 하루를 살 수 있도록 있는 힘껏 도울 거야.

단 하루.
단 하루.
그런 기적 같은 하루가 주어진다면

하지만, 단아야.
신이 엄마에게 결코 그런 하루를 허락하지 않는다 하더라도 난 여전히 단아 너를 그 누구보다도 사랑하고, 아끼고 지켜줄 것이다.

너 때문에 순간순간 힘들더라도 엄마는 더 많은 시간을 너 때문에 웃고 있을거야.

그리고 더 당당해질 것이다. 사람들에게 죄송하다고 말하는 순간에도 슬퍼지지 않을 거야.

네가 다른 사람들처럼 되기를 바라기보다 특별한 너와 특별한 하루를 차곡차곡 쌓아갈 거야.

세상에서 가장 멋지고 가장 행복한 엄마와 딸이 되자.

우리 딸 단아야.
사랑한다.

- 단아를 사랑하는 엄마가 -

당신의 행복에 하얀 물결이 일어나길 바라!

망망대해에 배를 타고 갈 때, 뒤에서 뿜어내는 하얀 물결을 보고 있노라면 앞으로 나아가고 있음을 분명히 알 수 있습니다.

당신과 내가 있는 곳이 망망대해 일지라도 우리에게 목적지가 있으면 좋겠습니다. 뿌뿌거리며 하얀 물결을 일으키면 좋겠고, 그 물결 뒤를 돌고래 몇 마리가 점프를 하며 따라오면 좋겠습니다. 귀여운 돌고래의 재주를 시간 가는 줄도 모르고 보다가 멀미를 잊은 채 어느새 뭍으로 닻을 내리고 있으면 좋겠습니다.

우리에게 없는 것 말고 있는 것을 알아보는 안목을, 그런 생명력을 갖기를 소망해봅니다. 살고 있으면 살아지기도 하고, 살아지다가 또 행운이라는 좋은 친구를 만나기도 하는 게 인생이니까요. 배 타고 멀미했다는 나쁜 기억만 가진 채 바다에서 내리지 말고, 시원했던 바닷바람과 그곳에서 함께 했던 인연들을 기억했으면 좋겠습니다.

이제 우리가 헤어질 시간입니다.
하지만, 다시 만날 시간이기도 합니다.
저의 긴 이야기 중에서 몇 마디만이라도 가슴에 남아 있기를 바랍니다.

당신이 일으킨 흰 물결 뒤에서 돌고래처럼 점프하며 따라가겠습니다.

우리 만나면 손 흔들면서 인사해요.
그러면 저도 행복할 거예요.

< 4챕터를 닫으며, 단아 엄마 드림 >

광야를 지나서

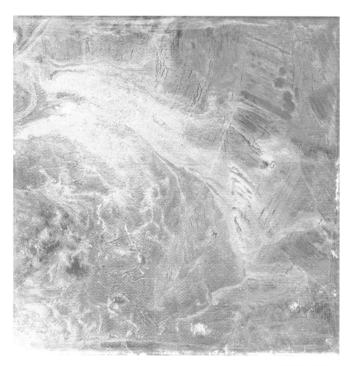

아크릴 18*18

뱅글뱅글 한 곳만 돌지 않을 것
한 곳만 돌다가 지치지 않을 것
지쳐서 쓰러지지 않을 것
쓰러져도 다시 일어날 것

땅만 보든 하늘만 보든 앞만 보든
발은 걷고 있을 것
보이는 대로 가지 말고
가는 곳을 보고 걸을 것

각자의 시간을 지나
살아서 만나자.

우리, 다시는 늪에 빠지지 말자

당신의 응원으로 여기까지 왔어요.
이번엔 당신 차례입니다.

그림도 좋고
글도 좋고
음악도 좋고
여행도 좋고
사진도 좋고
달리기도 좋고
진짜, 뭐라도 좋아요.

고통을 뚫고 나오세요.

일단 단 한 걸음만 내딛으면 우리가 손을 잡아서 끌어 올려
줄게요. 그러나 그 한 걸음은 당신 몫이에요.

용기를 내봐요. 제발!
할 수 있어요!

우리, 다시는 늪에 빠지지 말아요.

< 책을 닫으며, 단아 엄마 드림 >

미처 하지 못 했던 이야기

1.
전시회에 전시된 작품은 엄밀히 말하면 총 67점이다.
총 6개의 시계 작품을 한 세트로 생각한다면 아사히신문에 소개되었던 것처럼 62점이 맞지만, 6개의 시계는 각각의 주인을 찾아 떠났기에 개별적으로 한 작품 한 작품으로 인정해주고 싶다. 그래서 총 67점이다.

2.
행사 중 배포되었던 리플릿에 한 작품이 실리지 않은 것을 전시회가 끝나고서야 알게 되었다. <밀당>이라는 작품이었는데, 이 책의 부록으로 들어간 리플릿 자료에는 수정해서 포함시켰다.

3.
출판사와 계약을 하고, 집필을 하는 중에 3명의 지령을 받았다. 먼저 친정엄마 "책 제목은 어두운 골짜기를 지나 환한 빛으로 어떠니?"가 첫 번째였고, 그 통화를 들은 남편이 "그럼, 나도 절대로 한계를 정하지 말고 두 개를 정할 것! 꼭 넣어줘." 라며 우스갯소리를 했고, 마지막으로 아빠가 "아빠 비망록에도 좋은 글들 많다!" 라고 하신 것이다.

작가가 된다는 건 정말 쉬운 일이 아닌 것 같다.

출판사에 1차 원고를 넘기기 직전, 어렸을 때부터 아주 종종 읽어주시던 아빠의 비망록을 어쩔 수 없이 꺼내고 있는 내 모습을 본다.

가슴이 뛴다.
마음이 달린다.

칠월의 태양
초록의 대지를
너.
나.
둘이 손잡고 어디든지 가자.

<순아! 너·나 둘이 손잡고>1972년 7월 22일

아빠가 엄마랑 신혼일 때 썼던 시 일부를 실었다.

4.
내가 인생을 살면서 '진짜 인품 좋다!'라고 생각한 사람들이 몇 명 있다. 세 손가락 안에 우리 어머님 박은순 여사가 포함되어있다. 어머님께 거의 매일 전화를 걸어 미주알고주알 수다를 떨었다. 나의 가장 아팠던 순간들, 기뻤던 순간들에 어머님, 아버님이 함께 해주셔서 감사드린다고 전하고 싶다.

🐢 단아 음악 리스트 ♬ ♪

1. 좋아좋아 - 조정석
2. 내 손을 잡아 - 아이유
3. 골목길 어귀에서 - 버스커 버스커
4. 연애소설 - 에픽하이 (Feat. 아이유)
5. 내 입술 따뜻한 커피처럼 - 청하, Colde(콜드)
6. 니가 하면 로맨스 - 케이윌(Feat. 다비치)
7. 흔들리는 꽃들 속에서 네 샴푸향이 느껴진거야
   - 장범준
8. Next Level - aespa
9. Dream - 수지, 백현(BAEKHYUN)
10. 좋다고 말해 - 볼빨간사춘기
11. 봄 사랑 벚꽃 말고 - HIGH4(하이포), 아이유
12. 그리워하다 - 비투비
13. 심술 - 볼빨간사춘기
14. 빈칸을 채워주시오 - 볼빨간사춘기
15. FANCY - TWICE(트와이스)
16. 떨어지는 낙엽까지도 - 헤이즈(Heize)
17. Sing For You - EXO

18. 품 – 볼빨간사춘기

19. Dynamite – 방탄소년단

20. 좋은 사람 있으면 소개시켜줘 – 조이(JOY)

21. 스물셋 – 아이유

22. 사랑하긴 했었나요 스쳐가는 인연이었나요 짧지않은
우리 함께했던 시간들이 자꾸 내 마음을 가둬두네

　　　　　　　　　　　　　　　　　– 잔나비

23. 여름 안에서 – 싹쓰리(유두래곤, 린다G, 비룡)

24. 신청곡 – 이소라(Feat. SUGA of BTS)

25. 밤편지 – 아이유

26. 저 별 – 헤이즈(Heize)

27. 너란 봄 – 정은지(Feat. 하림)

28. 그 해 여름 (두 번째 이야기) – 인피니트

29. 오늘부터 우리는(Me Gustas Tu)

　　　　　　　　　– 여자친구(GFRIEND)

30. #첫사랑 – 볼빨간사춘기

31. Dschinghis Khan(징기스칸) – Dschinghis Khan

오늘도 좋은 일이 오려나 봐

초판 인쇄 발행 2022년 5월 20일

지은이 고현선

펴낸이 박경애
디자인 정은경
표지 일러스트 인지
타이틀 캘리그라피 박나영

펴낸 곳 자상한시간
출판등록 2017년 8월 8일 제 320-2017-000047호
주소 서울시 관악구 중앙길 59, 1층
전화 02-877-1015
이메일 vodvod279@naver.com

ISBN 979-11-969480-4-7 03810